AF449611

Letizia Bognanni

Via Dell'Abbazia

I edizione: marzo 2016

© **tutti i diritti riservati**

Nativi Digitali Edizioni snc

Via Broccaindosso n.16, Bologna

www.natividigitaliedizioni.it

info@natividigitaliedizioni.it

ISBN: 978-88-98754-42-7

seguici su:

Foto in copertina a cura di **Luigia Gesualdi**

Facebook Luigia Blackeyed Gesualdi
Twitter @LuigiaGesualdi
Instagram @luigiablackeyed

1999

«Io penso che le città siano vive, e che non siano tanto diverse dalle persone,» dichiarò Jacopo scompigliandosi nervosamente il ciuffo sulla fronte. «Le città hanno il loro carattere, non ce n'è una uguale all'altra. Ci si innamora di loro, oppure le si detesta, oppure le si ama e odia allo stesso tempo. Ci sono storie d'amore con le città che durano tutta la vita, e infatuazioni passeggere. Di diverso dalle persone hanno che possono vivere più di una vita. Certe volte le città crescono, poi invecchiano, poi sembrano morte e invece ringiovaniscono e poi invecchiano un'altra volta e così via. Se la tua giovinezza coincide con una delle giovinezze della tua città, puoi dirti fortunato. Puoi raccontare di aver avuto diciott'anni a Seattle nel '91, di essere stato adolescente a Londra nel '77, di aver ballato all'Hacienda di Manchester, cose così. Io posso dire di essere stato fortunato. Certo, non è stato sempre facile. Per quanto vivace, Parcopiano resta una piccola città, e un'infanzia e un'adolescenza come le mie, in una piccola città significano... sì, la musica mi ha salvato la vita. È un cliché, me ne rendo conto, ma ehi, a cosa puoi aggrapparti quando tua madre ha abbandonato la famiglia che avevi cinque anni per andare a vivere a Berlino con la sua nuova fidanzata, quando tuo padre reagisce iniziando a bere alle otto di mattina? Puoi diventare uno sbandato, puoi aggrapparti alla droga, e c'ho provato, sì, con l'unico risultato di sentirmi peggio e finire guardato a vista dagli assistenti sociali. A un certo punto ho trovato la musica. O la musica ha trovato me. Mi ha tirato fuori dal baratro in cui stavo precipitando. Sì, è stato dopo... questo. Questa cicatrice è il mio memento, quello che resta della mia vita precedente. Un pomeriggio, ero solo in casa, mio padre era a bere da qualche parte, amici non ne avevo più, eravamo io, una bottiglia di Jack Daniel's e una lametta. Sono vivo perché avevo dimenticato di avere un appuntamento con l'assistente sociale. Quando ho sentito bussare con insistenza ho avuto come un risveglio, la sensazione di non voler morire. Sono riuscito a trascinarmi alla porta prima di perdere i sensi. Quando mi sono svegliato in ospedale, ancora intontito, ho sentito la voce di mia madre che quando ero piccolo continuava a ripetere quanto fossi bravo a cantare. Non so cos'è stato, un segno divino, una connessione spirituale con mia madre, so solo che sono vivo, mi è stata concessa una seconda mano e voglio giocarmela al meglio. Non mi sento un predestinato o qualcosa del genere, e non sono certo diventato un santo, ma adesso fumo solo sigarette e bevo per il piacere di un buon bicchiere di…»

«Jacopo! Vuoi uscire da quel bagno? Si mangia!»

«Che palle! Eccomi!»

Compiaciuto per il discorso, si mise un altro po' di gel nei capelli, si studiò un brufoletto sul mento e uscì. I genitori erano già a tavola, il padre intento a guardare *Un posto al sole*, la madre a servire frittata e insalata.

«Ma', è tardi, c'è Ivan che mi aspetta, mangio qualcosa fuori.»

«Pure stasera? Ma a casa non ci stai mai? Poi la mattina ti svegli coi cannoni. Mi sa che dobbiamo mettere qualche regola, eh. Riccardo, tu non dire mai niente mi raccomando, guarda *Un posto al sole*, guarda.»

«Eh? Che c'è?»

Lucia sospirò sedendosi e iniziando a servire l'insalata. «Niente c'è. Jacopo, almeno non fare le tre come ieri. E non andare…»

«…in motorino.» Jacopo concluse la frase della madre uscendo dalla sala da pranzo. «No, no, tranquilla, vado a piedi. Ciao.»

Lucia lo vide allontanarsi sulla strada bagnata in sella al motorino dell'amico e tornò a sedersi senza più nessuna voglia di mangiare. Continuando a chiedersi, come faceva ossessivamente da ormai quasi due anni, com'era possibile che Jacopo non fosse terrorizzato dai motorini come lo era lei. Era lui che aveva fatto un volo di cinque metri da quel coso uscendone vivo per miracolo, perché non dava mostra di nessun trauma, come quelli che vengono morsi da un cane e poi ne diventano fobici? Voleva farla uscire di testa dalla paura, lasciandola ogni notte sveglia, in attesa del rumore delle chiavi o di una telefonata dall'ospedale?

***

«Oh, vai più veloce che è tardi.»

«Madonna che ansia Ja', tanto lo sai che prima delle dieci non cominciano a suonare. E poi che vuoi, io era mezz'ora che aspettavo, ti stavi a fare il trucco delle grandi occasioni?»

«Cretino. Stavo lavorando per noi.»

«Noi chi?»

«Tua sorella! Per il gruppo, no? Intanto,» disse scendendo dal motorino e incamminandosi verso l'Abbazia senza aspettare Ivan, che dovette corrergli dietro per sentire di cosa stesse parlando, «prima di tutto ci serve un nome. Sono quattro mesi che suoniamo e non abbiamo ancora un nome, dimmi tu se è normale. E poi ci sto creando una storia.»

«Che storia?»

«Madonna Ivan, stai sveglio! Qualcosa da raccontare nelle interviste, no?»

Igor e Sandro li stavano aspettando davanti al locale, saltellando per il freddo. Jacopo li salutò in fretta ed entrò. Gli amici lo seguirono mentre andava dritto al bancone e senza consultarli ordinava quattro birre.

Il gruppo spalla aveva già iniziato a suonare.

«Cazzo che pippe che sono questi,» commentò Jacopo.

«Non è vero dai, secondo me promettono bene, il chitarrista è forte,» ribatté Sandro.

Jacopo fece una smorfia. «A me fanno cagare. Vado fuori a fumare, chi viene?»

«Con questo freddo? Perché non fumi qua?»

«No, devo prendere aria.»

Mentre si allontanava, Ivan e Igor si scambiarono uno sguardo d'intesa. Sapevano benissimo perché non voleva restare a sentire i Countryside: lui avrebbe negato fino alla morte, ma era evidente che non gli era mai passata la cotta che aveva da anni per la ragazza di Andrea, il chitarrista che Sandro, incolpevole in quanto nuovo della banda, aveva appena lodato. Lei era seduta con alcune amiche a un tavolino non troppo vicino al palco, ostentando un atteggiamento da moglie della star, del tipo "i concerti del mio uomo ormai sono routine, mi faccio i fatti miei mentre lui lavora". Una posa piuttosto eccessiva, secondo Igor e Ivan, visto che i Countryside erano al loro quinto concerto. In realtà Carla non stava ostentando niente, quel pomeriggio aveva avuto un litigio violento con Andrea e la loro storia era probabilmente finita, ma loro non lo sapevano e continuarono a guardarla con il consueto sentimento di antipatia.

Jacopo rientrò più di mezz'ora dopo, quando i Countryside avevano concluso i loro venti minuti di esibizione e i Marlene Kuntz stavano salendo sul palco.

«Che cavolo hai fatto fuori tutto questo tempo?» chiese Ivan mentre Jacopo prendeva un'altra birra.

«Niente. Ho pensato.»

«Cazzo c'avrai da pensare sempre.»

«Provaci anche tu qualche volta, male non fa,» fece Jacopo spingendolo più vicino al palco. Non gli sarebbe dispiaciuto poter dare una volta una risposta seria a quel genere di domanda, che gli veniva rivolta molto spesso, ma avrebbe dovuto stare a parlare per ore, e alla fine non sarebbe riuscito comunque a farsi capire. Non ci riusciva nemmeno con se stesso. Non c'era riuscito con la psicologa da cui l'aveva trascinato sua madre per due sedute in cui se n'era rimasto lì a rispondere a monosillabi, men che meno con il prete da cui l'aveva portato con l'inganno sua zia. Chissà se un giorno avrebbe finalmente incontrato qualcuno che sarebbe riuscito a sciogliere quei nodi ingarbugliati che aveva in testa. Qualcuno come Jolanda, la protagonista di *Via dell'Abbazia*, qualcuno con cui non avrebbe nemmeno dovuto parlare, perché avrebbe capito tutto solo guardandolo. Si sentiva molto stupido quando si lasciava andare a queste fantasie, però aveva trovato qualcosa di consolatorio in quel libro, la sensazione di non essere così desolatamente solo: se qualcuno aveva descritto quel genere di sentimenti, evidentemente non era l'unico a provarli. A pochi passi di distanza, Andrea cercava maldestramente di abbracciare e baciare Carla, che lo respingeva senza tanti complimenti. Jacopo la vide uscire quasi correndo, seguita dalla sua migliore amica, e vide Andrea farle una specie di boccaccia e tornare a seguire il concerto. Che cafone, pensò prima di andare a prendere la terza birra e tornare anche lui a concentrarsi sulla musica.

1993/1994

Al terminal degli autobus mancavano i bagni e l'edicola. La tettoia di plexiglass riparava dalla pioggia, ma quando c'era il sole (evento raro da quelle parti, in verità) creava un effetto serra che inacidiva gli animi già provati dalla mancanza di un display che indicasse dove attendere il proprio mezzo. Il bar c'era. Seduti all'unico tavolino, Lorenzo e Francesca stavano prendendo un caffè.

«Rispetto a quando avevo dodici anni,» disse lei, «l'unica novità è il busto di Padre Pio lì in mezzo alla rotonda. Doveva essere il fiore all'occhiello della città, il terminal dico, non Padre Pio, invece sono passati più di quindici anni e non ci sono nemmeno i bagni.»

Lorenzo finì il caffè prima di commentare.

«Meraviglioso.» Il suo sguardo vagante si soffermò un secondo su una donna molto anziana che aspettava l'autobus mangiando un panino, poi sulla scritta sul muro *Se ti svegli e non vedi il sole, o sei morto o sei il sole.*
Jim

«Oppure sei a Parcopiano,» rise Francesca, indicando il grezzo murale.

«Già. Azzeccatissimo direi,» disse Lorenzo. «È incredibile quest'atmosfera. Davvero è sempre così il tempo?»

«Praticamente sì, estate compresa. È uno dei motivi per cui ti ho portato qui, no? E adesso ti mostro gli altri. Andiamo.»

Il cortile era uno spiazzo di cemento triangolare, delimitato da un muro e da due palazzi degli anni Cinquanta.

«Quella,» Francesca indicò una finestra al quarto piano, «era la mia camera delle vacanze, cioè la vecchia stanza di mia madre. C'era ancora un poster di Mal sopra il letto,» rise e indicò un balcone al secondo piano dell'altro palazzo. «Lì abitavano Stefano e Roberta, i miei amici dell'estate. Erano gemelli. La mattina, chi si svegliava prima si affacciava ad aspettare gli altri, poi scendevamo in cortile. Dopo pranzo, stessa cosa. Per tutto il mese di agosto. Stefano, ovviamente, è stato il mio primo amore. Quando sono venuta per il funerale di Nonna lo sapevamo che era l'ultima volta che ci saremmo visti, e ci siamo detti addio con il primo bacio. Addio all'infanzia, e per me addio a Parcopiano e alle vacanze in cortile.»

«Romantico,» commentò Lorenzo con tono leggero. Non voleva passare per un sentimentale sulla via della senilità, ma pensava davvero che ci fosse qualcosa di poetico e struggente in quelle estati monotone e lunghissime che quando si è ragazzini sono il massimo della vita.

«E adesso arriva la parte migliore. Sei pronto?»

Strada facendo, Francesca rallentò davanti al piazzale della stazione.

«Qualche volta venivamo qui a giocare a pallone, e tutti mi trattavano male e nessuno mi voleva in squadra perché mi distraevo col rumore dei treni e perdevo la palla. Sono cose che segnano. Ah, siamo arrivati.»

Lorenzo scese dall'auto e vide, dall'altro lato della strada, le case che Francesca gli stava indicando. La guardò e sorrise, incredulo, grato e soddisfatto.

«Cazzo se avevi ragione. È incredibile.»

Nel 1947 Anthony Page, un ex soldato inglese, sposò Luisa Di Giorgio, una ragazza di Parcopiano conosciuta quattro anni prima, durante la liberazione della città dai tedeschi. Poco dopo il padre di lei, Angelo Di Giorgio, vendette alcuni terreni per investire nella ricostruzione: aprì un'impresa edile che in breve tempo divenne la più importante della città, vincitrice fra l'altro dell'appalto per un nuovo complesso di case popolari. La progettazione delle abitazioni venne affidata al genero, che prima di arruolarsi aveva frequentato il primo anno di architettura a Cambridge. Anthony ignorò la tendenza italiana dell'epoca in materia di edilizia popolare, e progettò di testa sua le villette bifamiliari che stavano allineate di fronte a Lorenzo.

«Ti presento la mia piccola Liverpool,» disse Francesca.

Lorenzo si avvicinò a una delle case, sfiorò pensoso la cassetta delle lettere e alzò lo sguardo verso il comignolo. Un ragazzo uscì dalla villetta accanto e lo fissò con curiosità e un'ombra di sospetto, prima di allontanarsi senza rispondere al sorriso incerto che lui gli rivolse. Tornò alla macchina e stette ancora qualche minuto a osservare le costruzioni di mattoni rossi, con i piccoli giardini che costeggiavano il vialetto d'ingresso, le staccionate e i cancelletti, le finestre a bovindo e le doppie porte a vetri.

«Dietro hanno anche il *backyard*. Andiamo che ti faccio vedere. Ti aspetterai di veder uscire bambini coi capelli rossi e le lentiggini.»

«Ti amo. Grazie. Sei l'editor migliore del mondo.»

«Lo so. Ma prima c'è la cosa più importante. Tieniti forte.»

Lorenzo scattò una foto e la seguì lungo la via poco trafficata. Francesca si fermò davanti alla targa su cui era inciso il nome della strada e gli fece cenno di avvicinarsi.

Durante la guerra, i soldati alleati di stanza a Parcopiano avevano tradotto in inglese i nomi delle vie. Alcune scritte erano ancora visibili, pur coperte d'intonaco o cancellate quasi del tutto dalla pioggia e dagli anni.

Lorenzo si avvicinò e lesse la scritta incisa sulla targa: VIA DELL'ABBAZIA. Poi abbassò lo sguardo verso il punto che gli indicava Francesca e vide le altre lettere, sbiadite e scrostate ma leggibili. Restò a bocca aperta, poi scoppiò a ridere, mentre Francesca annuiva, divertita anche lei.

«No, non ci credo. Ma io ti amo davvero. Mi hai portato...»

«Ad Abbey Road.»

***

Gianni ha sedici anni e sogna di scappare. Il villino di mattoni rossi e la periferia della periferia italiana in cui vive diventano, nella sua fantasia, un villino e una periferia di quell'Inghilterra che gli ha regalato la musica che ama, quella che ascolta quando va a passeggiare sulla banchina del terminal che lui chiama "il porto senza mare della mia piccola Liverpool senza porto".

Jolanda ha sedici anni e ha deciso di scappare. La sua "buona" famiglia le sta stretta, la città le sta stretta, le sta stretto un mondo in cui la sua intera esistenza è già stata pianificata.

In un'alba gelida, in un terminal deserto, un ragazzo con le cuffiette e una ragazza con lo zaino si incontrano e scoprono di non essere poi così soli.

(*Via dell'Abbazia* – quarta di copertina)

Con una sensibilità davvero fuori dal comune, Lorenzo Carreri ci insegna che sull'adolescenza non è ancora stato raccontato tutto.

(Corriere della sera)

Carreri sfoggia uno sguardo su certi stati d'animo che non ha niente da invidiare a quello del De Carlo di Due di due e, azzardiamo, a quello del Salinger del Giovane Holden.

13

(l'Espresso)

Una storia dalla profonda e autentica anima rock.
(Il mucchio selvaggio)

11567 hanno questo libro. Voto medio: 4/5
(aNobii, quindici anni dopo)

In "Via dell'Abbazia", il suo brillante romanzo d'esordio, il ventottenne Lorenzo Carreri, già apprezzato nelle antologie "Futuro prossimo – venti scrittori per un decennio" e "Voci bastarde", non parla di ragazzi straordinari, non racconta storie di principi belli e dannati e principesse attratte dal lato oscuro, non ha scritto un trattato di patologia psichiatrica adolescenziale. Eppure, in pochi mesi, questa storia d'amore "normale" fra due ragazzi "normali", venata di rock e inquietudine di provincia, è diventata il libro cult della nuova generazione. Per la capacità dell'autore di tratteggiare con delicata efficacia il carattere dei personaggi e rendere reali i sentimenti, e per l'abilità di far sentire il lettore fisicamente parte della città che un ruolo tanto importante riveste nella storia. La città, lo diciamo non senza orgoglio per i pochi che non lo sapessero, è Parcopiano, e questa sera è lieta di ospitare Lorenzo Carreri, che alle 19:00 presenterà il suo libro nella sala Dante della Biblioteca Comunale. Un'occasione per conoscere più da vicino lo scrittore del momento e, perché no, ringraziarlo per aver regalato un po' di fama alla nostra città.

«Che articolo di merda.» Francesca chiuse il giornale e lo buttò sul divano. «Ma che cavolo, non ci vuole Indro Montanelli per sapere che la notizia non si mette in fondo all'articolo.»
«Dai, tranquilla,» ribatté Lorenzo, «tanto non può andare peggio dell'altra volta.»
«Chi vuole un'altra birra?» urlò Roberta dalla cucina.
«Io,» gemette Francesca buttandosi sul divano.
«Io. Le presentazioni vengono meglio se lo scrittore è un po' ubriaco.»
«Davvero? Allora due per te. Intanto facciamo un brindisi al successo di Lorenzo e all'amicizia ritrovata?»
«Ottimo. A un'autentica amicizia ritrovata.»
Francesca e Roberta fecero tintinnare le bottiglie.
«E un altro alla presentazione,» propose Roberta.
«Che non somigli alla prima,» rilanciò Lorenzo sollevando la bottiglia.
«Che non somigli per niente alla prima,» gli fecero eco le ragazze.
Lorenzo scoppiò a ridere al ricordo della presentazione, anzi della mancata presentazione di dieci mesi prima: il libro era uscito da due settimane e

Francesca era riuscita a mettersi in contatto con Stefano e Roberta. Stefano si era trasferito a Torino, Roberta invece viveva ancora a Parcopiano e l'aveva aiutata a organizzare la serata. Paolo, amico di un'amica, aveva messo a disposizione il suo locale, l'enoteca-bruschetteria "Il Posto". Alle 19, ora prevista per l'inizio, Lorenzo, Francesca, Roberta, il ragazzo di Roberta, i genitori di Roberta, il dj che aveva preparato una selezione *Liverpool e dintorni* ciondolavano per il locale sorseggiando vino, in attesa degli spettatori. Alle 19,30 era entrata una coppia che aveva indugiato un po' davanti alla locandina dell'evento. Lei aveva chiesto a lui chi fosse Lorenzo Carreri, lui senza rispondere aveva preso un libro dalla pila sul bancone e l'aveva sfogliato.

«Guarda, è ambientato a Parcopiano.»

«Ah sì? Ma lo scrittore è di qui? Non l'ho mai sentito.»

«No, dice che è di Asti.»

«Mmh. Beh, che facciamo?»

«Andiamo al Fiction?»

«Ok.»

Mentre la coppia usciva, era entrata Luisa, compagna di scuola elementare di Roberta e collaboratrice dell'inserto locale del *Tempo*. Circa due ore e molti bicchieri dopo, avevano deciso che sul giornale, al posto della cronaca dell'evento, sarebbe apparsa un'intervista all'autore. Avevano scelto di usare il microfono, nel caso i cinque avventori del martedì sera fossero interessati. Non lo erano. Quanto agli amici di Roberta che avevano garantito la presenza, le giustificazioni dell'indomani erano state: palestra, stanchezza, dimenticanza, raffreddore, compleanno del nonno, sveglia presto la mattina, leggo solo thriller, stanchezza, stanchezza.

***

Quando arrivarono alla biblioteca, questa volta la sala era già quasi piena. Francesca e Roberta occuparono i loro posti riservati in prima fila mentre Lorenzo prendeva accordi con la presentatrice, presidentessa del locale circolo di lettura che non sembrava aver amato particolarmente *Via dell'Abbazia*. Almeno, questa fu l'impressione di Lorenzo. Che però, da quando era diventato famoso, aveva spesso l'impressione di essere diventato anche un po' paranoico.

«Buonasera, benvenuti a tutti. Io sono Assunta Di Giorgio e in qualità di presidentessa del circolo di lettura della biblioteca, che ha organizzato questo ciclo di eventi, ho l'onore di condurre questa chiacchierata con lo scrittore più amato del momento, soprattutto fra i giovani. Infatti vedo che ci sono tantissimi giovani nel pubblico. È una cosa meravigliosa. Allora, Lorenzo, io comincerei subito con la domanda che tutti qui vorrebbero farti, e cioè: perché Parcopiano, e perché Liverpool?»

«Beh, intanto buonasera a tutti e grazie per la presenza così massiccia, grazie. Per quanto riguarda Parcopiano devo ringraziare Francesca, la mia editor nonché amica e confidente. Prima di iniziare a scrivere le ho detto che ero alla ricerca di una piccola Liverpool dove ambientare la mia storia, e lei mi ha portato qui, dove da bambina trascorreva le vacanze a casa della nonna. È stata una folgorazione. Parcopiano è proprio una perfetta piccola Liverpool senza porto. Perché Liverpool? Perché ho sempre pensato che i Beatles non sarebbero diventati i Beatles se fossero stati di Londra. Voglio dire, naturalmente anche da città grandi e vive sono venuti fuori meravigliosi artisti. Però penso che a gruppi come i Clash, o… non so, i Velvet Underground, per fare solo i primi esempi che mi vengono in mente, manchi quel… quel… quell'epicità un po' ingenua, quella sete di scoperte, quella curiosità più istintiva che intellettuale, quel senso della meraviglia che può animare solo chi è cresciuto guardando certe luci da lontano. Gianni, il protagonista del romanzo, ascolta i Beatles e si identifica con loro, e vive la sua città come immagino che loro vivessero Liverpool negli anni Cinquanta: un posto da cui scappare.»

«Quindi secondo te una piccola città è solo questo, un posto da cui scappare?» chiese la signora Assunta in quello che a Lorenzo sembrò un tono di rimprovero.

«Certo che no. Ma Gianni è un ragazzo inquieto, afflitto da una costante sensazione di trovarsi nel posto sbagliato. Si sente diverso e, a parte la musica, il suono che preferisce è il rumore dei treni in partenza che sente dalla sua camera. Va a passeggiare al terminal degli autobus perché nella sua fantasia è il posto che più si avvicina a quello che secondo lui era il porto di Liverpool, e l'unica persona che capisce le sue stranezze, chiamiamole così, è Jolanda. Gianni e Jolanda sono spiriti affini, uniti dalla voglia di fuggire.»

«Forse però…» Lorenzo avvertì ancora un tono di rimprovero. Si sentiva uno studente che sta andando male a un esame. Guardò Francesca, che osservava la Di Giorgio con le sopracciglia leggermente aggrottate. Quando si sentì i suoi occhi addosso ricambiò lo sguardo e sorrise incoraggiante. «Forse la voglia di scappare è nel DNA di questi ragazzi. Forse non è colpa della città. Parcopiano è molto bella.» Sì, era senza dubbio un rimprovero.

«Ehm, Parcopiano è una città stupenda, ma non è questo il punto.»

«E qual è?»

«Non credo che abbia molto senso parlare di colpe. Certamente credo che, crescendo in una piccola città, sia più facile che ti venga voglia di uscire a vedere il mondo di quanto non lo sia vivendo in una città in cui è il mondo a venire da te.»

«Io penso,» insistette la presidentessa, sempre più severa, «che una piccola realtà possa regalare molte cose belle ai giovani. Qui a Parcopiano si mangia benissimo. Ma a questo punto lascerei spazio alle domande del pubblico. Ci sono domande?»
Lorenzo aveva le mani sudate. Non si sentiva in questo modo da quando aveva preso diciotto all'esame di paleografia. Una ragazza piena di anelli e bracciali chiese il microfono. «Sì, buonasera. Innanzitutto complimenti.» Lorenzo accennò un grazie e un sorriso. «Volevo chiedere: quanto c'è di autobiografico nel libro?»

1996

Lunedì
Geremia uscì di casa alle otto e trenta. Salutò la signora Baratti che portava fuori il cane, si fermò a prendere caffè e cornetto al bar di Ciro e andò ad aprire il negozio. Alle tredici e un quarto uscì, prese un calzone prosciutto e mozzarella alla pizzetteria Pizzapazza, andò a mangiarlo su una panchina del terminal, fumò una sigaretta e tornò in negozio. Alle venti uscì, tornò a casa, fece la doccia, cenò con i genitori, quando Paolo citofonò scese, andò a prendere una birra al pub Chelsea, alle ventidue e trenta tornò a casa, alle ventitré si mise a letto, alle ventitré e trenta si addormentò.

Martedì
Geremia uscì di casa alle otto e trenta. Salutò la signora Baratti che portava fuori il cane, si fermò a prendere caffè e cornetto al bar di Ciro e andò ad aprire il negozio. Alle tredici e un quarto uscì, prese un calzone prosciutto e mozzarella alla pizzetteria Pizzapazza, andò a mangiarlo su una panchina del terminal, fumò una sigaretta e tornò in negozio. Alle venti uscì, tornò a casa, fece la doccia, cenò con i genitori, quando Paolo citofonò scese, andò a prendere una birra al pub Chelsea, alle ventidue e trenta tornò a casa, alle ventitré si mise a letto, alle ventitré e trenta si addormentò.

Mercoledì
Geremia uscì di casa alle otto e trenta. Salutò la signora Baratti che portava fuori il cane, si fermò a prendere caffè e cornetto al bar di Ciro e andò ad aprire il negozio. Alle tredici e un quarto uscì, prese un calzone prosciutto e mozzarella alla pizzetteria Pizzapazza, andò a mangiarlo su una panchina del terminal, fumò una sigaretta e tornò in negozio. Alle venti uscì, tornò a

casa, fece la doccia, cenò con i genitori, quando Paolo citofonò scese, andò a prendere una birra al pub Chelsea, alle ventidue e trenta tornò a casa, alle ventitré si mise a letto, alle ventitré e trenta si addormentò.

Giovedì
Geremia uscì di casa alle otto e trenta. La signora Baratti non c'era. O meglio, c'era ma lui non la vide, perché era ferma dietro uno dei tre camper parcheggiati davanti alla palazzina di fronte. All'angolo c'era un camion da cui stavano scaricando delle attrezzature: cavi, riflettori, telecamere. Ecco, ci mancava il film, pensò Geremia. Come tutti i parcopianesi mediamente istruiti, Geremia aveva letto *Via dell'Abbazia*. L'aveva odiato. La ragazza che gliel'aveva regalato, una tipa di un paese vicino con cui era uscito per un paio di settimane, era sicura che l'avrebbe adorato: «Il protagonista ama andare a passeggio al terminal, come te, pensa! E poi tu abiti a Via dell'Abbazia, non ti gasa da morire questa cosa?». Quale grossolano errore, aveva commentato lui fra sé e sé mentre andava avanti nella lettura, credere che io possa identificarmi in questo ragazzetto che non coglie la profonda bellezza decadente del luogo. Scappare, e perché mai? E da dove viene fuori, adesso, tutta questa gente che non sopporta Parcopiano e vuole cambiarla? Non stiamo forse a meraviglia? È così tranquilla... zero delinquenza, zero turisti rompicoglioni, zero stress. Non vi piace Parcopiano? È troppo piccola? Beh, andate via, andatevene a Roma a spiaccicarvi nei vagoni puzzolenti della metro B e non rompete i coglioni a noi che invece se potessimo costruiremmo delle mura per proteggere la nostra pace nei secoli dei secoli.
Vide la signora Baratti sull'altro marciapiede e la salutò, si fermò a prendere caffè e cornetto al bar di Ciro e andò ad aprire il negozio. Alle tredici e un quarto uscì, prese un calzone prosciutto e mozzarella alla pizzetteria Pizzapazza, andò a mangiarlo su una panchina del terminal, fumò una sigaretta e tornò in negozio. Alle venti uscì, tornò a casa, fece la doccia, cenò con i genitori, quando Paolo citofonò scese, andò a prendere una birra al pub Chelsea, alle ventidue e trenta tornò a casa, alle ventitré si mise a letto, alle ventitré e trenta si addormentò.

Venerdì
Geremia uscì di casa alle otto e trenta. Salutò la signora Baratti che portava fuori il cane, si fermò a prendere caffè e cornetto al bar di Ciro e andò ad aprire il negozio. Alle tredici e un quarto uscì, prese un calzone prosciutto e mozzarella alla pizzetteria Pizzapazza, andò a mangiarlo su una panchina del terminal, fumò una sigaretta e tornò in negozio. Alle venti uscì, tornò a casa, fece la doccia, cenò con i genitori, quando Paolo citofonò scese e

andò a prendere una birra al pub Chelsea.

«Ciao bei ragazzi!» Valentina si avvicinò al loro tavolo sventolando un flyer e un nuovo taglio di capelli. «Che fate di bello? Noi stiamo andando al Mood, volete unirvi a noi?» chiese indicando un punto vago alle sue spalle.

«E che andate a fare in quel bar tristissimo? E non è chiuso a quest'ora?» si informò Paolo.

«Madonna mia, ma dove vivete? Sarà un anno che l'hanno preso in gestione Nicola e Matteo, quelli dei Caverna, e ci organizzano un sacco di cose fichissime. Tutti i venerdì c'è la musica dal vivo. Stasera ci sono i Guggenheim!» concluse con un sorriso eccitato e un saltello.

«Ah beh, se ci sono i Guggenheim, allora...» commentò beffardo Geremia. Valentina sospirò platealmente. «Sono bravissimi. Ma ci rinuncio a convincerti che non tutti i gruppi nati dopo il 1975 sono finte band di decerebrati costruite a tavolino. Vabbè, io vado. Ciao, e non vi divertite troppo, mi raccomando.»

«Ciao, buon concerto dei... com'era? Madame Tussauds?»

Valentina alzò il dito medio senza nemmeno girarsi. Geremia rise e si rivolse a Paolo. «Oggi al negozio mi è arrivato un bootleg dei Led Zeppelin fenomenale. Pensa, è di un concerto a Bristol a cui io ero presente!»

Alle ventidue e trenta tornò a casa, alle ventitré si mise a letto, alle ventitré e trenta si addormentò.

1999

To the centre of the city where all roads meet, waiting for you
To the depths of the ocean where all hopes sank, searching for you
I was moving through the silence without motion, waiting for you

Joy Division – Shadowplay

Lunedì

Geremia uscì di casa alle otto e trenta. Salutò la signora Baratti che portava fuori il cane, si fermò a prendere caffè e cornetto al bar di Ciro e andò ad aprire il negozio. Alle tredici e un quarto uscì, prese un calzone prosciutto e mozzarella alla pizzetteria Pizzapazza, andò a mangiarlo su una panchina del terminal, fumò una sigaretta e tornò in negozio. Alle venti uscì, tornò a casa, fece la doccia, cenò con i genitori, quando Paolo citofonò scese, andò a prendere una birra al pub Chelsea, alle ventidue e trenta tornò a casa, alle ventitré si mise a letto, alle ventitré e trenta si addormentò.

Martedì

Geremia uscì di casa alle otto e trenta. Salutò la signora Baratti che portava fuori il cane, si fermò a prendere caffè e cornetto al bar di Ciro e andò ad aprire il negozio. Alle tredici e un quarto uscì, prese un calzone prosciutto e mozzarella alla pizzetteria Pizzapazza, andò a mangiarlo su una panchina del terminal, fumò una sigaretta e tornò in negozio. Alle diciotto e trenta entrò la ragazza delle spillette. Lui la chiamava così perché ne aveva sempre una trentina appuntata da qualche parte: una volta sulla borsa, una volta sulla maglietta, un giorno sulla giacca, un altro sui jeans. Geremia aveva notato che erano sempre le stesse, ogni tanto ne aggiungeva una, oppure ne mancava un'altra, e lui pensava che doveva essere un lavoraccio, spostare ogni volta tutte quelle spille. Un paio le aveva comprate lì da lui, e si ricordava anche quali: quella dei Pearl Jam e quella con un cuore di Haring. A lui piacevano quella quadrata con un orsacchiotto di peluche impiccato e quella con la copertina di *The Piper At*

The Gates Of Dawn. Aveva notato tutto questo non perché fosse in qualche modo attratto dalla ragazza, e nemmeno perché fosse un tipo molto attento ai particolari, ma solo perché i suoi clienti erano pochi e fedeli. Ancora più pochi e più fedeli da quando in città avevano aperto il punto vendita di una grande catena di megastore di libri e dischi. La ragazza delle spillette frequentava Revolver – Revolver era il nome del negozio di Geremia (e lo era, Geremia ci teneva molto a precisarlo, da prima che iniziasse quell'odiosa storia della piccola Liverpool) – da due o tre anni, e ci andava più o meno una volta alla settimana. Comprava soprattutto punk e grunge, sia in CD che in vinile. Quel giorno però non era lì per fare acquisti. Entrò e andò dritta alla bacheca degli annunci, che consultò con l'aria di chi sa esattamente cosa sta cercando. Lesse tutti gli annunci più di una volta, poi con aria delusa si avvicinò alla cassa.

«Ciao, scusa... in bacheca, ieri, c'era un annuncio, un gruppo che cercava un bassista... non c'è più, sai per caso di chi era?»

«Un foglietto giallo?»

«Giallo, sì.»

«Sì sì, è passato ieri sera a staccarlo, come si chiama, quello... quel tipo che l'anno scorso è resuscitato...»

«Jacopo?»

«Eh.»

«Mh. Ok, grazie.»

Fece per uscire, esitò un attimo sulla porta, stava per tornare indietro, infine cambiò idea e uscì. Che cosa avrebbe dovuto chiedere a Geremia? Se avevano trovato il bassista? Ovviamente l'avevano trovato, altrimenti perché Jacopo avrebbe tolto l'annuncio? Si diede della scimunita per non aver preso il numero il giorno prima, quando aveva letto il biglietto. Non aveva carta e penna, e poi non era sicura di voler chiamare, non si sentiva pronta. Che deficiente, pensava tornando a casa, non sono pronta per cosa? Non l'avevano mica messo gli U2 quell'annuncio! Carla non sapeva che Jacopo stesse mettendo su un gruppo, anche se si ricordava di averlo sentito cantare qualche settimana prima durante un'assemblea d'istituto finita a karaoke. Chissà chi altro c'è nel gruppo, si chiese. I suoi inseparabili amici, i gemelli Scombination, forse? Capirai, pensò, se possono suonare i gemelli Scombination...

Tornata a casa, salutò appena suo padre che era in salotto a discutere con alcuni leccapiedi, prese l'elenco del telefono, si chiuse in camera e chiamò casa di Jacopo. La madre le disse che non era in casa e non sapeva dove potesse essere andato. Sempre più scoraggiata, Carla aprì il libro di storia. Dopo un quarto d'ora lo richiuse, dicendosi che tanto la Perrella non l'avrebbe interrogata. La professoressa aveva una sorta di adorazione per suo padre – e in generale per le figure di spicco della città – e aspettava che lei si offrisse volontaria, oppure le chiedeva con modi gentili se avesse studiato e se la sentisse di rispondere a qualche domanda. Non era una cosa di cui andava fiera, ma cosa poteva farci? Decise di tornare in città per cercare Jacopo.

Quando scese, vide il padre e i suoi lecchini seduti intorno alla tavola imbandita e declinò l'offerta di cenare con loro dicendo che andava a studiare da un'amica.

«Quant'è studiosa mia figlia,» commentò Di Giorgio dopo che Carla fu uscita. «Farà una carriera… altro che la mia…» concluse abbassando la voce, mentre gli occhi gli si inumidivano dalla commozione.

«Cara Maria, un abbacchio così saporito io l'ho mangiato solo in questa casa. Vero Pasqua'?» cambiò discorso Giovanni per smorzare l'imbarazzo.

«Vero, vero. La regina dell'abbacchio ti sei sposata, caro Giorgio!»

Giorgio Di Giorgio posò un'orgogliosa manona sulla spalla della moglie.

«Lo so, lo so. Non se ne trovano più di femmine così, è vero? Adesso ci va a preparare anche uno dei suoi spettacolari caffè. Vai, vai, Marì, e visto che ci sei porta pure quella bella bottiglia di limoncello.»

Mentre Maria spariva in cucina, Giorgio si rivolse ai commensali. «Veniamo a noi.»

«Gio', le cose non vanno bene,» esordì Pasquale accendendosi un sigaro. «Quel babbeo di Gagliardi ha fatto solo danni. Che fine hanno fatto i permessi per il parcheggio di Via dell'Abbazia?»

«Ma quale parcheggio, Pasqua',» sospirò Di Giorgio, «considerati fortunato a non esserti trovato la finanza sotto casa. E solo perché ho raccontato a Gagliardi di un certo favore che suo padre aveva avuto dal mio. Meno male che un minimo di senso della famiglia ce l'hanno pure 'sti comunisti.»

«Sì vabbè, ma intanto io che gli dico a Galasso? Questo monastero si demolisce o no? Se non si può fare il parcheggio, Galasso ha altre società sotto prestanome, tutte pulite. Che vuole Gagliardi, un parco giochi? E noi glielo facciamo.»

«No, non hai capito? L'Abbazia non si può demolire. Dicono che è roba storica.»

«Ma se è un rudere.»

«Pronto? Hai vissuto su Marte ultimamente? La stanno aggiustando, c'hanno già fatto dentro un bar e non so che altro. Quel pezzente no global e quell'altro Che Guevara dei poveri di Benigno la stanno affittando a delle associazioni culturali.»

«Cioè? Diventa tipo un centro sociale?» intervenne Giovanni.

«Non mi ci far pensare,» continuò Di Giorgio. «Ho letto il progetto. Ci vogliono mettere uno spazio per le mostre, una specie di scuola per corsi di pittura, musica e scrittura creativa… ma che è poi 'sta scrittura creativa? E

poi che altro… ah sì, una biblioteca. Ci mancava proprio, un'altra fumeria di spinelli. Povera Parcopiano,» chiosò asciugandosi le lacrime di rabbia e versandosi un altro bicchiere di limoncello. «Buono, eh? Lo fa Maria, con i limoni della costiera che ci porta Galasso. Che ci portava, anzi. Se salta il parcheggio ce li scordiamo, i limoni. E mica solo i limoni.»
Intorno al tavolo cadde un silenzio cupo.
«Senti,» attaccò speranzoso Giovanni. «Che mi dici del centro commerciale?»
«E che ti dico? Che il terreno non è edificabile, c'è acqua da tutte le parti.»
«Eh lo so, e lo sa anche Saviani, ma che c'entra?»
«Senti, se ancora non l'hai capito, io non sono né sindaco né assessore. Dì agli amici tuoi che fino a che saremo sotto 'sto regime comunista è meglio se investono, che ne so, a Pescara, oppure possono risparmiare in attesa di tempi migliori. Quel fighetto non può mica essere sindaco per sempre, e che cavolo! Va bene, si sono studiati un complotto fatto bene, ma devono cambiare le cose, o no? Lo volete un altro po' di limoncello?»
Gli altri si guardarono perplessi. «Che complotto?» chiese Pasquale.
Giorgio alzò gli occhi al cielo. «Ma dai! Secondo voi, quel libro, coso, *Via dell'Abbazia*, è uscito per caso nel bel mezzo della campagna elettorale? È chiaro che quel Carreri è amico di Gagliardi, i comunisti si conoscono tutti. Che ne sapeva questo, che è di Asti, delle case inglesi, dell'abbazia, del terminal… ma a chi la vuole far credere la storia dell'amica con la nonna di Parcopiano! Ma dai! È ovvio che era un piano per farmi fuori. La gente è suggestionabile. Si sono fatti convincere da quel ciarlatano marxista che bisognava costruire Liverpool. Non va più bene Parcopiano, no. Vogliono l'Inghilterra? Perché non se ne vanno tutti all'Inghilterra? Perché Gagliardi non se ne va all'Inghilterra?» concluse sbattendo il bicchiere sul tavolo. «Un altro po' di limoncello? Un altro cannolo?»
«Grazie Gio' ma si è fatto veramente tardi, dobbiamo proprio andare, vero Pasqua'?»
«Maria porta i cappotti, che Giovanni e Pasquale se ne vanno!»
Rimasto solo, mentre la moglie sparecchiava, Di Giorgio finì il limoncello bevendo direttamente dalla bottiglia e andò a sdraiarsi sul divano in soggiorno, pensando alla miseria in cui era precipitata la sua vita. Resterò solo, senza un amico, e papà mi cancellerà dal testamento, e Maria mi lascerà, e i comunisti mi manderanno in Siberia… scoppiò in una risata alcolica. Almeno non soffrirò il freddo, che qua è peggio… papà… ho persino il sospetto che anche mia figlia – tua nipote, papà! – stia diventando comunista. Mi dispiace, papà!

1999

Come aveva sperato, Jacopo era all'Abbazia. Era martedì, quindi non c'era quasi nessuno, la situazione ideale per parlare con calma. Jacopo era seduto a un tavolo con i gemelli Scombination e un ragazzo che lei non conosceva. Dedusse che si trattava del bassista che l'aveva battuta sul tempo dal fatto che avevano con loro degli strumenti. Probabilmente avevano appena finito di suonare nella sala prove che era stata aperta qualche giorno prima all'Abbazia. Si diresse decisa e sorridente al loro tavolo.

«Ciao.»

«Ciao,» risposero Jacopo e i gemelli educatamente ma con una leggera inflessione interrogativa.

«Posso sedermi?»

I quattro le indicarono una sedia libera.

«Scusate se vi interrompo, ma volevo chiedervi… ah, scusa, io sono Carla,» disse tendendo la mano al ragazzo sconosciuto.

«Sandro, piacere.»

«Sì. Niente, volevo chiedervi… ieri ho visto l'annuncio che avete lasciato da Revolver, e niente, sarei interessata.»

«Perché, tu suoni il basso?» chiese uno dei fratelli Scombination con tono vagamente aggressivo. Carla non capiva perché quei due la guardassero sempre con fastidio. Non li conosceva e non aveva fatto loro nessun torto. Che fosse a causa di suo padre le pareva molto improbabile: quei due non si erano certo guadagnati il soprannome per via del loro interesse per la politica, anche se erano parenti dell'attuale sindaco. Comunque, ignorò la palese malevolenza di cui era fatta oggetto e rispose, rivolgendosi soprattutto a Jacopo: «Sì, prendo lezioni da quasi un anno ormai. All'inizio volevo suonare la chitarra, ma poi mi sono resa conto che il basso si adatta di più alla mia personalità.»

«Mi dispiace, davvero,» disse Jacopo. Gli dispiaceva sul serio. Non solo per l'attrazione che continuava a provare per Carla – ogni volta che la vedeva sul palco dell'aula magna ad arringare le folle durante le assemblee provava il desiderio di salire per spostarle la ciocca rossa dall'occhio e poi baciarla sulle labbra sempre truccate di rosso intenso – ma anche perché trovava che non ci fosse niente di più sexy di una donna che suona il basso: nelle sue fantasie gli capitava spesso di avere incontri ravvicinati su un palco vuoto, in uno stadio deserto, con D'arcy o Melissa Auf der Maur, o tutte e due insieme. «Sandro è il nostro nuovo bassista. In realtà è con noi già da un po' di giorni, mi ero dimenticato dell'annuncio da Revolver. Mi dispiace.»

«Già. Sì, immaginavo. Vabbè…»

«Scusa,» intervenne lo stesso Scombination che aveva parlato prima, «perché non entri nel gruppo del tuo fidanzato?»

«Guarda che io e Andrea ci siamo lasciati. E poi, detto fra noi, secondo me i Countryside fanno schifo.»

«Ti sei appena guadagnata dei punti, ragazza,» disse Igor con quello che le sembrò un tono di autentica simpatia. Forse dopotutto non gli stava così tanto sulle palle. «Ma comunque non puoi suonare con noi. Ciao.» O forse sì.

«Va bene dai, ho capito, me ne vado.»

«Aspetta,» disse Jacopo lanciando uno sguardo torvo a Igor. «Bevi una cosa. Cosa vuoi? Vado a prendertela io.»

Quando Jacopo tornò con una birra per Carla e una per lui, Ivan, Igor e Sandro stavano fissando Carla, tutti e tre con l'aria molto concentrata. «Che è successo?»

«Carla ha avuto un'idea interessante,» rispose Sandro. Carla gli sorrise grata. Era carino. Era più grande di tutti loro, frequentava il primo anno di architettura, ma sembrava anche più adulto: aveva un modo di esprimersi calmo, una voce che trasmetteva tranquillità e sicurezza, e un look elegantemente dark: camicia e giacca nere, capelli scuri tirati indietro e grossi anelli che su altri sarebbero stati tamarri mentre sulle sue mani lunghe e aggraziate erano un perfetto accessorio da rockstar glamour. Carla pensò che, se l'avessero presa nel gruppo, gli avrebbe suggerito di

completare il tutto con una passata di smalto nero sulle unghie.
«Che idea?»
«Due bassi,» disse Carla.
«Non esistono gruppi con due bassi. Credo.»
«Appunto.»
«Posso farti una domanda? Perché ci tieni tanto a suonare con noi? Non sai nemmeno se siamo dei geni del rock o se facciamo più schifo dei Countryside. Non sai nemmeno che genere di musica facciamo.»
Carla esitò prima di rispondere. «La verità? Non lo so, perché. È che… Voi non sentite che è ora di muoversi? Cioè, di fare parte di qualcosa. Non so se riesco a spiegarmi, ma sento questa energia, questo senso di movimento…» Si fermò per raccogliere le idee e capire se qualcuno fosse almeno lontanamente in sintonia con quello che stava cercando di esprimere. Le parve che Ivan e Igor la guardassero come una povera invasata e che Jacopo e Sandro si sforzassero di cogliere il senso del discorso.
Inaspettatamente, fu Igor il primo a parlare: «Intendi che vuoi fare parte della scena parcopianese?»
«Beh, sì…» ancora più inaspettatamente, Igor aveva colto il punto, anche se a suo modo di vedere l'aveva banalizzato. «Se così si può dire… sì, sento che è il momento giusto, e io mi fido delle mie sensazioni, voi no?»
Ivan, Igor e Sandro annuirono, chi più chi meno deciso. Dopo un secondo Jacopo si unì al gesto di assenso, ma mentiva sapendo di mentire: lui non era affatto il tipo che segue l'istinto. Era la sua dannazione: quando si era risvegliato, quel giorno di un anno prima, andando contro le aspettative dei medici, dopo che gli avevano raccontato tutto – lo scontro, l'operazione, la morte sfiorata due volte, la possibilità di danni cerebrali – aveva promesso a se stesso che non avrebbe mai dimenticato di essere vivo per miracolo, che avrebbe vissuto ogni secondo intensamente, che avrebbe seguito solo il suo cuore, si sarebbe lasciato andare e si sarebbe goduto ogni istante e non avrebbe avuto mai un rimpianto. Ma ogni volta che ripensava a quella promessa, ogni volta che guardava il tatuaggio che si era fatto per suggellarla – un bracciale intorno al polso sinistro con dentro, nascosta in un intreccio di disegni astratti, la data dell'incidente – si chiedeva perché era così difficile per lui non razionalizzare ogni cosa, non soppesare tutti i pro e i contro di ogni singola azione prima di compierla, o di non compierla perché ormai, alla faccia dei propositi di coglierlo, l'attimo era già passato. Il suo tentativo di essere una persona che vive il presente ed è connessa con i suoi istinti si risolveva in uno stato di ansia perenne, un conflitto continuo fra la spinta ad agire seguendo impulsi e sentimenti e il freno di un cervello petulante. Era convinto che sarebbe stato facile, naturale, lo sanno tutti che sfuggire alla morte ti rende una persona diversa,

no? E invece non era così, oppure era lui che era sbagliato, perché era rimasto lo stesso indeciso rimuginatore patologico di sempre, solo con la costante sensazione di essere in ritardo.

«Sì,» disse alla fine, «anch'io ho una buona sensazione. E poi provare non costa nulla, no?»

***

Per la sorpresa di tutti, la prova con i due bassi andò bene e Carla entrò ufficialmente nel gruppo. Sapeva suonare, aveva feeling con Sandro, e fu lei a trovare infine un nome per la band: dopo un pomeriggio di brainstorming, la sua proposta venne votata all'unanimità e nacquero i The Pool. Fu ancora lei, dopo un mese di prove quotidiane e quattro canzoni pronte, a procurare loro il primo concerto. Non senza previe titubanze e ripensamenti, i cinque si esibirono sulla pedana, che il gestore definiva generosamente "palcoscenico", del pub Chelsea, davanti a un nutrito parterre di compagni di scuola più una decina di avventori casuali. L'acustica era terrificante, la chitarra di Ivan produceva più feedback che accordi, Jacopo dimenticò qualche verso e Igor fece cadere due volte una bacchetta, ma ci fu un momento che nessuno di loro avrebbe mai dimenticato – o almeno così pensò Jacopo mentre cantava, e mentre gli altri suonavano senza indecisioni – la loro versione di *Wonderwall*. Era una scommessa e la stavano vincendo: la chitarra finalmente limpida, l'intreccio dei bassi che dava quel tono dark che durante le prove non erano riusciti mai a ottenere nel modo che desideravano, e la sua voce intonata, decisa ed espressiva. Vide il pubblico sorridere, incrociò lo sguardo di Ivan e poi quello di Carla e ci vide la stessa consapevolezza di essere parte di qualcosa, e di stare vivendo un momento perfetto.

***

«Dai, andiamo da un'altra parte, qua non si riesce a dire una parola con questo casino.» Geremia trascinò via dal Chelsea un poco convinto Paolo.
«Che palle. Ma mò chi sono 'sti ragazzetti?» si lamentò mentre sedeva su una panchina di Piazza Carlo Alberto.
«Dai, sono bravini. E l'idea dei due bassi non è male. Certo, in quella specie di caverna, due bassi che rimbombano… però dai, erano carucci.»
«Sì ho capito, ma che cos'è questa storia dei concerti al Chelsea?»
«Eh, si sono dovuti adeguare. Non ci andava più nessuno, hai visto invece che boom il Mood? È sempre pieno di gente.»
«Noi ci andavamo. Io non la capisco questa smania, la musica, la cultura… a parte che non vedo proprio il senso di continuare a fare musica dopo i

Pink Floyd, ma poi ci sono sempre state le cose belle da fare a Parcopiano,
bastava saperle cercare.»
«Tipo?»
«Tipo… questa piazza. Senti che pace. Guarda che bello quel palazzo, e la
fontanella? Hai mai fatto caso al bassorilievo? L'ha fatto il Leonardello, un
artista parcopianese del quindicesimo secolo che ha lavorato anche in
Francia. Questa città era un piccolo scrigno di meraviglie nascoste, tutte
per noi.»
«Appunto. Perché tenerle nascoste?»
«Perché a esporle si rovinano e basta.»
Paolo restò per qualche secondo in un silenzio meditativo. «Domani ci vai
alla festa?» chiese poi.
«Che festa?»
«Per il gemellaggio.»
«Ma per carità. Ci mancano solo gli inglesi. Già sono due anni che ogni
tanto mi entra in negozio qualche sconosciuto con l'accento del cavolo.
Ieri sono venute due che parlavano toscano e volevano sapere se era il
negozio dove va coso, come si chiama, quello del libro, a comprarsi i
dischi dei Beatles. Che cretine.»
«Ma almeno hanno comprato qualcosa?»
«Il White Album. Il White Album in mano a due cretine. Credevano che
Abbey Road fosse una strada di Liverpool. Un oltraggio. Un disco dei
Beatles in mano a due cretine. Bellezza sprecata. Come Parcopiano in
mano ai turisti e agli artistoidi da quattro soldi.»
Paolo annuì gravemente.
«Domani piuttosto,» riprese Geremia, «passa al negozio, ti faccio sentire
un live strepitoso di Crosby, Stills and Nash. Che roba. Ti ho mai
raccontato di quando li ho visti a San Francisco?»

***

«Se è una battuta non fa ridere.»
«No che non è una battuta.»
Carla era incredula, nonostante avesse vissuto per tutti i suoi diciassette
anni con quella donna e conoscesse perfettamente le sue idee, che erano le
stesse del marito, solo più estremiste. Fissò la madre, seduta sul letto nella
consueta posa rannicchiata. Sembrava voler fare di tutto per dimostrare
l'età di Giorgio, invece dei sedici anni in meno che aveva rispetto a lui.
«Mamma, stai dritta con quelle spalle!»
«Oh smettila, vorrei vedere te alla mia età.»
«Hai cinquant'anni, mica novanta. E non è l'età, è la schiavitù che ti ha
ridotto gobba. E adesso che vuoi, che anch'io diventi tutta rattrappita?»

29

«Ma che stai dicendo? Io non ti capisco. Senti…»

«No, senti tu: pensi davvero che siamo una famiglia reale? Basta per favore, non sono l'erede di una casata aristocratica, quindi faccio quello che mi pare, e quello che mi pare è suonare col mio gruppo. Di comunisti. E ti dico anche un'altra cosa, e puoi dirla anche a papà se vuoi. C'è un ragazzo del gruppo che mi piace, e mi sa che anch'io piaccio a lui, quindi se…»

«Non dirlo nemmeno!» inorridì Maria. «Senti, tu puoi fare battute e prenderci in giro quanto vuoi, ma è un fatto: sei una Di Giorgio, sei la nostra unica figlia e hai delle responsabilità. Solo tu puoi portare avanti l'opera di tuo padre e di tuo nonno, lo capisci o no?»

«E come? Sposando Andrea, o il figlio di qualche altro consigliere? Facendo la first lady? Visto che ogni volta che provo a parlare con papà di politica lui mi ignora, perché sono femmina e non posso capire. E allora sai che c'è? Visto che sono femmina, niente politica. La famiglia Di Giorgio finisce di regnare, peccato. E adesso esco, vado a studiare da Laura, e poi a farmi le canne coi miei amici comunisti.»

***

«Una sera sono tornato a casa e ho trovato mia madre sul pavimento del bagno. Aveva ancora l'ago infilato nel braccio. La prima cosa che ho fatto non è stato chiamare un'ambulanza. Ho raccolto il sacchetto dal pavimento, ho cercato una siringa e mi sono fatto una dose. Poi ho ripulito tutto e ho chiamato l'ambulanza. Per fortuna non era troppo tardi. Mio padre era andato via da poco, non sapevamo nemmeno dove e con chi, mia madre era rimasta sola con i suoi demoni, e con me, che non facevo altro che entrare e uscire dal riformatorio. Poi, un giorno, è arrivata la musica.»

Jacopo si lavò i denti e uscì dal bagno. I genitori erano in cucina, il padre come sempre religiosamente immerso in *Un posto al sole*, la madre intenta a sfornare una teglia di carne con le patate.

«Dì, ti senti bene?» lo apostrofò lei. «Ultimamente passi più tempo al bagno che a scuola.»

«Che palle ma', sto bene, sto bene. Tu invece?»

«Cosa?»

«Problemi? Non hai mai pensato di scappare di casa? Magari con una donna? Per andare a sposarla ad Amsterdam?»

«Tu non hai problemi intestinali, hai problemi mentali.»

«Magari. Non ci sono casi di pazzia in famiglia? Non credi che potrei trascorrere qualche anno in un ospedale psichiatrico? Papà, perché non ti licenzi per andare a fare il giro del mondo in solitaria in barca a vela?»

Suo padre non sentì, troppo concentrato sulla soap.

«Eh. Un'impiegata delle poste e un professore di filosofia appassionato di *Un posto al sole*. Che gli racconto ai giornalisti? Che palle. Non diventerò mai come John Lennon. Luigi Nocera almeno è gay dichiarato. Papà,» lo richiamò approfittando della pubblicità, «che diresti se io fossi gay?»
«Ti augurerei di trovare presto l'uomo della tua vita?»
«Oh gesù. E basta? Non mi porteresti in uno di quei campi di correzione per giovani deviati? Non mi cacceresti via di casa? Non ti rifiuteresti di rivolgermi la parola per anni, salvo poi rifarti vivo quando sarei diventato ricco e famoso? Non mi picchieresti? Non mi manderesti da un esorcista?»
«No, perché?»
«Che palle. Io esco.»
«Non fare tardi,» si raccomandò Lucia, ormai rassegnata all'inefficacia delle sue richieste di non andare in giro in motorino. «Ma a te,» disse dopo che Jacopo era uscito, rivolgendosi a Riccardo, «te ne frega qualcosa?»
«Di cosa?»
«Di cosa? Di tuo figlio.»
Riccardo sospirò. «Senti. Basta. Sei ossessionata. Me ne frega, certo che me ne frega, ma sta bene. Esce, e quindi? Vuoi rinchiuderlo in casa? Che vuoi fare? È un ragazzo di diciassette anni.»
«Certo, per te non ci sono mai problemi, vero? Tutto bene. Dorme due ore a notte, sta a casa cinque minuti al giorno e quando ci sta è sempre in bagno, dice cose assurde… ma va tutto bene, sì, tutto a posto, sono io la pazza. Guarda la televisione, guarda.»

***

Piazza dell'Abbazia – che in realtà si chiamava Piazza San Francesco, ma per tutti era Piazza dell'Abbazia – era gremita. Quando Jacopo, Ivan e Igor arrivarono, sul palco si stava esibendo Luigi Nocera.
Cantautore dal fascino del bello e dannato, Nocera era considerato il capostipite della scuola parcopianese: nell'anno in cui la città, grazie al successo di *Via dell'Abbazia*, usciva dallo status di anonima provincia che nessuno fuori dai confini regionali sapeva localizzare su una cartina, Luigi andò a Sanremo, arrivò ultimo, vinse il premio della critica e divenne un idolo underground, grazie alle canzoni intrise di romantica disperazione e al look da intellettuale maledetto. E mentre Parcopiano scopriva di avere un centro storico da ripulire e riempire di ristoranti e pub, scopriva parchi da rinverdire e quartieri dal singolare aspetto di suburbia britannica, mentre per la prima volta nella storia della Repubblica i cittadini di Parcopiano, galvanizzati dall'odore di spirito adolescente, scoprivano che sulle schede elettorali c'erano altri nomi oltre a Di Giorgio e parenti e affiliati, e mentre la nuova giunta, età media trentasette anni, galvanizzata

31

anch'essa, finanziava concerti, patrocinava festival del libro, restaurava palazzi diroccati per affittarli ad associazioni culturali e scuole di scrittura creativa, mentre nascevano case editrici e giovani scrittori, nascevano i Countryside, i Teardrop, gli Stereotypes, il Giardino della Piovra, e con loro nasceva la Scuola di Parcopiano.

«Cristo, non è giusto, se cominciavamo a suonare solo un paio di settimane prima, adesso stavamo pure noi sul palco,» si lamentò Jacopo mentre il sindaco Gagliardi ringraziava e consegnava uno stendardo della città a una non ben definita autorità di Liverpool, intervenuta per la festa del gemellaggio. Come al solito, pensava di aver perso il treno e che i The Pool non avrebbero mai più avuto l'occasione di apparire sulle pagine di *Rockstar*, come era successo ai Countryside e agli altri, protagonisti di un articolo dal titolo "Abbey Road, Italia". «Vado a prendermi una birra, chi la vuole?»

«Io,» rispose Carla, che si era unita al gruppo qualche minuto prima.

Si avviarono insieme verso il chioschetto, ma Carla lo prese per il gomito e disse: «Senti, ti va di andare da un'altra parte? Io quegli scemi non ho voglia di sentirli,» concluse facendo un cenno con la testa in direzione del palco, su cui si stavano sistemando i Countryside.

Jacopo esitò. Non voleva essere l'amico di cui si richiede la compagnia quando non si vuole vedere l'ex.

«Dai, che oltretutto qua la birra fa schifo.»

Jacopo cedette e la seguì al Chelsea, dove non ebbero nessuna difficoltà a trovare un tavolo libero. «Strano che sia aperto,» commentò Carla.

«Già.»

Stettero per un po' in silenzio, sorseggiando le loro birre, lanciandosi sguardi e sorrisi imbarazzati.

«Oddio, quanto mi piace questa canzone!» esclamò infine Carla.

«Ti prego!» la contraddisse Jacopo. «È una lagna insostenibile. I Blur sono dei fighetti sopravvalutati. E *Tender*? Che titolo sfigato per una canzone, sembra una marca di carta igienica.»

«Starai scherzando? Ricordati queste mie parole: fra dieci anni faranno ancora dischi bellissimi e li ascolteremo senza vergogna mentre quelle pippe degli Oasis staranno a ubriacarsi in qualche pub sfigato di Manchester, dimenticati da tutti.»

«Stai scherzando tu. Gli Oasis sono rock!»

«Se, vabbè, ciao.»

«Ti odio. Attenta che posso ancora cacciarti dal gruppo.»

«Blur.»

«Oasis.»

«Blur.»

«Oasis.»

«Beatles.»

«Rolling Stones.

Scoppiarono a ridere insieme. «Beatles,» disse Jacopo. «Beatles tutta la vita,» confermò Carla. «Un'altra birra, per brindare all'unica cosa su cui siamo d'accordo?»

«Dici che è davvero l'unica cosa su cui siamo d'accordo?» chiese Carla quando Jacopo tornò coi bicchieri pieni.

«Non lo so, vediamo. Nirvana o Pearl Jam?»

«Nirvana.»

«Lo sapevo. Solo perché Kurt Cobain era belloccio ed è morto.»

«Ti odio io adesso! Mi prendi per una dodicenne scema? I Nirvana erano rock.»

«E i Pearl Jam cosa sono, reggae?»

«No, ma non sono per niente originali.»

«Sì, perché invece i Nirvana sono dei grandi innovatori. Cambiamo discorso che è meglio.»

«Ecco, bravo. Allora dimmi, Clash o Sex Pistols?»

«Ovviamente Sex Pistols.»

«Ma dai. Ma quanti anni hai, sette?»

«Oh, la smetti?» rise Jacopo dandole uno schiaffetto sul braccio. «Sei troppo snob per essere vera.»

«Sssh, senti, senti,» lo zittì Carla. «Questa mi gasa da morire. Adesso dì che è brutta,» lo sfidò mentre partiva il ritornello di *Ava Adore*.

«Gli Smashing Pumpkins sono mitici. Ecco un'altra cosa su cui siamo d'accordo.»

I camerieri cominciarono a ribaltare le sedie sui tavoli.

«Andiamo dai, è tardissimo.»

«Che musica di merda,» sentirono commentare dalla voce di Geremia mentre passavano davanti all'unico altro tavolo occupato.

«Ma è vero che Billy Corgan era il bambino cicciotto di Super Vicki?» chiese Carla mentre raggiungevano il motorino.

«Ma che, credi a 'sta cazzata? Adesso chi è che ha sette anni? Piuttosto, ce la fai a guidare? Ti sei bevuta un sacco di birra.»

«Sì che ce la faccio,» disse Carla con la faccia offesa, anche se in realtà si sentiva piuttosto malferma sulle gambe. «Lo sai, se mio padre mi vedesse in questo momento, mezza ubriaca, a parlare di musica da comunisti con un comunista, mi disere… mi direse… mi diserreb… mi cancellerebbe dal testamento. Oddio, ma che sono ubriaca veramente? Non ho bevuto mica tant… ops!» Jacopo dovette sorreggerla mentre inciampava sul gradino del marciapiede. «Grazie. Stavo dicendo… sediamoci.» Carla si sedette sul gradino e Jacopo fece lo stesso. «Stavo dicendo, mio padre voleva un maschietto, come quello di Lady Oscar, no? Perché secondo lui non è mica bello che una donna fa… che faccia politica, e nemmeno la vinaia.»

«La vinaia?»

«Sì dai, quella che coltiva l'uva. Oh ma dove vivi, lo sai che mio padre c'ha le vigne?»

«Sì sì, lo so.»

«Bravo. Insomma, che stavo dicendo? Ah sì, ma lo sai che,» si interruppe e scoppiò a ridere fragorosamente. Rise senza riuscire a fermarsi per cinque minuti. «Ma lo… lo sai che… non mi ricordo più che volevo dire. Andiamo.»

«Ma sei sicura? Posso guidare io.»

«Tutto a posto. Non sono ubriaca. Andiamo.»

Jacopo la seguì poco convinto e si sistemò dietro di lei sul sellino. Fatti pochi, zigzaganti metri, lo scooter si inclinò pericolosamente. Jacopo riuscì a frenare la caduta col piede, ma non poté nulla quando Carla non vide uno stop e dovette sterzare bruscamente per evitare un'auto.

Mamma? Tutto bene? Mi senti? No… papà? Non andavo veloce. Usa la forza, Jacopo. Jacopo? Scemi. Jacopo? Eri morto. Jacopo? Miracolo. Due volte. Sento tutto. Jacopo? Miracolo. Era buio. La sentivi la musica? Solo buio. Usa la forza, Jacopo? Io chiamo un'ambulanza.

«No! No no no, che ambulanza? Non è successo niente!»

Alzando gli occhi, vide la faccia di Carla e quella di uno sconosciuto che lo fissavano spaventati. Mentre diceva di no all'uomo che voleva chiamare l'ambulanza, riacquistando lucidità, si rese conto che doveva essere rimasto a terra un po' di tempo, abbastanza da farli preoccupare. Si sforzò di assumere un'espressione disinvolta mentre si alzava in piedi. «Tutto bene, tutto bene,» disse, cercando di dissimulare il tremolio che sentiva venirgli fuori dalla gola. «Scusate, io ero… mi faceva solo un po' male la mano, sto bene, sto bene, tutto bene,» ripeté aprendo e chiudendo la mano (che in effetti gli faceva male) e muovendo il braccio per dimostrare di non avere niente di rotto.

Quando l'automobilista, dopo lunghe insistenze e ripetute rassicurazioni, se ne fu andato, Jacopo si sedette – più precisamente si lasciò cadere, per dare sollievo alle gambe che non smettevano di tremare – sul bordo del marciapiede mentre Carla spostava il motorino. Poi andò a sedersi accanto a lui.

«Stai bene veramente?»

«Sì, sì, te l'ho detto, tutto a posto. Mi sa che ho avuto un piccolo attacco di panico.»

«Ti fa male la mano?»

«Non più del solito.»

«In che senso?»

Jacopo si scoprì il braccio e le mostrò la cicatrice sul polso, lo stesso del tatuaggio. «Ricordo dell'incidente, mi è rimasto un tendine danneggiato. Mi fa male quando cambia il tempo, come ai vecchi, e quando faccio certi movimenti. Per esempio quando suono la chitarra. Meno male che c'è Ivan. Quando saremo famosi dirò che è stato un tentativo di suicidio. Può sembrare, no? È una storia più rock.»

«Quanto sei scemo!» rise Carla. «Hai solo questa?» chiese poi tornando seria.

«Ne ho anche una in testa, ma non si vede. Se rimango pelato…»

«Cazzo, che storia. Ti devi sentire proprio… boh, devi sentirti proprio…»

«Miracolato? Un eletto?

«Non lo so… sì, qualcosa del genere. No?»

Jacopo scosse la testa. Prese una sigaretta e la accese prima di rispondere. «Lo sai, un po' di tempo fa mia madre mi ha trascinato da una psicologa. Diceva che dovevo parlare con un esperto, perché secondo lei non stavo reagendo nel modo normale.»

«Cioè?»

«Che ne so. Diceva che sembravo incazzato, che non mostravo gratitudine per essere vivo, che fumavo, che continuavo ad andare in motorino di notte… che cavolo ne so, non gliel'ho mai chiesto quale sarebbe secondo lei il modo normale. Comunque ci sono andato solo due volte, poi mi sono rotto, mi dà fastidio la gente che fa troppe domande. E poi un giorno viene mia zia, la sorella di mia madre, e mi chiede di accompagnarla a comprare una chitarra per il figlio. Usciamo, e invece sai dove mi porta? Da un prete.»

«Un prete?»

«Eh. Pensavo che mi volesse far esorcizzare.» Scoppiò a ridere. «Invece questo si mette là a dirmi che dovevo ringraziare dio per il miracolo, che il signore voleva che io vivessi, e io lo facevo parlare e intanto pensavo "ma vaffanculo, coglione".» Fece una pausa e si girò a guardare Carla per controllare l'effetto delle sue parole. Magari era una cattolica convinta e si sarebbe offesa. Vide che annuiva attenta e continuò. «Io penso… ti ricordi di Daniele Nirta?»

Carla annuì. Daniele era un ragazzo della scuola morto quando loro erano al primo anno per una leucemia fulminante.

«Ecco, io penso, sono meglio di Daniele, io? Perché lui è morto e io no? Miracolo il cazzo. Quando sento le persone che hanno avuto una malattia, o un incidente, e dicono cose tipo "Padre Pio mi ha salvato" mi viene voglia di dirgli "Ma chi cazzo ti credi di essere?", insomma è stato un caso. Ecco, quindi no, non mi sento né miracolato né eletto, o destinato a grandi cose, che ne so. Penso solo che non voglio perdere tempo, perché magari domani vado sotto a un pullman e non mi va più di culo. Quindi faccio

quello che mi pare, esco, fumo e non me ne frega niente se secondo mia madre non è normale. Chi cazzo lo decide che cosa è normale?»
Era la prima volta che riusciva a parlare di sé così sinceramente e serenamente. Si voltò di nuovo a guardare Carla e decise che ci aveva pensato abbastanza, i pro superavano di gran lunga i contro, e lei lo stava guardando negli occhi dando segno di aver capito benissimo di cosa stesse parlando, e quindi prese e la baciò.

2003

The Clash – Hate And War

Giuseppe Di Renzo morì la sera del 19 febbraio.
Erano le dieci meno un quarto e aveva appena ordinato l'ottava Ceres della serata, seduto su uno sgabello pericolante dello storico quanto storicamente malfamato bar Gavrullo. Non era la sua giornata fortunata: quel pomeriggio Laura, la fidanzata decennale, gli aveva chiesto una pausa di riflessione, confermando implicitamente ciò che lui sospettava da qualche mese, avendo notato SMS misteriosi e telefonate a voce troppo bassa. Senza protestare, fingendo di accettare le vaghe spiegazioni di Laura, era tornato a casa a meditare in compagnia di una bottiglia di nocino, poi era andato a continuare le riflessioni al bar. Appena dopo aver ordinato l'ottava Ceres, mentre finiva la settima, mentre si arrovellava su chi potesse essere il mittente degli SMS misteriosi, mentre piangeva sul matrimonio mancato, mentre si dava del cretino per aver declinato le avances di una collega di lavoro, il suo vicino di posto, Dorin Rebreanu, si alzò per andare in bagno e urtò inavvertitamente lo sgabello pericolante. Giuseppe, in quel momento non in pieno controllo del suo equilibrio, rovinò a terra sbattendo la nuca sullo spigolo del bancone. Ma non fu questo a ucciderlo. Rialzatosi, ignorò le scuse di Dorin e fece una cosa che sognava di fare da quando era bambino e guardava i telefilm americani insieme a suo padre: ruppe la bottiglia e la usò per minacciarlo, proferendo una frase che sognava di pronunciare da quando era bambino e guardava i film con Schwarzenegger insieme a suo padre: «Ehi figlio di puttana, hai qualche problema?»
«Veramente io... scusa,» balbettò l'incolpevole Dorin mentre Giuseppe

andava avanti con la sua invettiva.

«Chi cazzo ti ha dato il permesso di darmi del tu, eh? Zingaro di merda, che c'è, ti do fastidio perché sono venuto nel vostro bar? Eh? Eh? Che vi pensate, di venire a fare i padroni a casa nostra? Eh? Zingari del cazzo, albanesi ladri di merda!»

Quando la bottiglia fu a pochi centimetri dalla sua faccia, Dorin, che era un tipo pacifico ma non masochista (e non era né zingaro né albanese), diede uno spintone a Giuseppe, che scivolò nella pozzanghera di birra e cadde sbattendo di nuovo la testa, questa volta con letale violenza.

***

Il giorno dopo, *Parcopiano Oggi* titolò, ignorando le dichiarazioni dei numerosi testimoni, *"Rumeno ubriaco uccide giovane parcopianese"* e Giorgio Di Giorgio stappò una bottiglia di Tintilia dell''82 delle premiate cantine Di Giorgio. Una bottiglia specialissima: riempita personalmente dal fiero imprenditore il giorno della nascita della sua unica figlia Carla. Si commosse nell'infilare il cavaturaccioli nel sughero. Si riempì un gagliardo calice e si apprestò a leggere l'articolo, vergato dalla penna sapiente del caporedattore cronaca, Antonino Di Giorgio. *Era un bravo ragazzo, era legatissimo alla famiglia, sognava solo di sposare la sua Laura e di avere una bella casa e tanti bambini. Così gli amici, affranti e increduli, ricordano Giuseppe Di Renzo, barbaramente assassinato all'età di...* Di Giorgio sputò il primo sorso di vino sul tappeto. Aceto. Vent'anni ho aspettato, per bere aceto, maledetti comunisti, me la pagherete, la vostra ora è arrivata! Prese una bottiglia di limoncello dal freezer e continuò la lettura. *...assassinato all'età di quarantaquattro anni, reo solamente, secondo le testimonianze, di aver reagito alle provocazioni gratuite di Dorin Rebreanu, ventottenne rumeno disoccupato, ubriaco e probabilmente drogato al momento dei fatti. L'efferato omicidio è stato perpetrato nel bar Gavrullo, noto punto di incontro di extracomunitari e pregiudicati.*

Troppo emozionato per arrivare alla fine dell'articolo, Di Giorgio afferrò il telefono e chiamò il suo assistente personale.

«Hai visto il telegiornale? Hai letto il giornale? Hai visto cos'è successo? Stai preparando le domande per il prossimo sondaggio telefonico?»

Senza scomporsi, celando abilmente una vena di eccitazione nella voce, l'assistente rispose con tono professionale: «Certo che so tutto, dottore, oggi non si parla d'altro. Naturalmente sto preparando le domande. È un grande giorno. Ho fatto una piccola ricerca, si tratta del primo omicidio in città da trentasei anni a questa parte. Lei lo sa, dottore, che io sono una persona razionale, ma il fatto che sia capitato a due mesi dalle elezioni è una coincidenza meravigliosa che mi fa quasi credere in un disegno superiore. Il vento sta girando. Noi abbiamo fatto grandi cose, e adesso anche il destino ci sta dando una mano.»

«La provvidenza, Romolo, questo è un segnale della provvidenza. Ascolta, io fra un'ora arrivo in ufficio, tu intanto chiama Carla e cominciate a pensare a qualche nuovo slogan per i manifesti.»

«E cosa crede che stiamo facendo da quando siamo arrivati? Ne abbiamo già pronti quattro.»

«Bravo. Bravi,» disse Di Giorgio quasi saltando dalla gioia. «A fra poco.»

Giorgio trascinò i suoi sessantasette anni e centotrentacinque chili di braciole e tintilia alla finestra. Dalla villa in collina poteva vedere l'intera città: il piccolo borgo medievale che si arrampicava su un'altura, e più in basso l'Abbazia, quel postaccio a causa della quale era iniziata la sua rovina, con tutt'intorno quelle maledette casette che aveva visto nascere, e crescere, che aveva amato, e che poi... Asciugò la lacrima che gli scivolò sulla guancia al ricordo del giorno in cui il padre Giovanni, imprenditore nel settore caseario e due volte sindaco, affacciato alla stessa finestra, gli aveva promesso solennemente: «Tutto questo presto sarà tuo.»

Era il primo giorno di campagna elettorale. Ma le cose non erano andate come previsto e, con sommo scorno del patriarca, il corpulento delfino aveva trascorso i successivi dieci anni fra gli umilianti banchi dell'opposizione. *Ma il vento è cambiato, la nostra bella città finalmente avrà quello che si merita. Guarda quant'è bella, papà. Guardami trionfare da lassù, guardami liberare la città, è l'inizio della fine per gli stalinisti che l'hanno occupata per dieci, lunghi, lunghissimi anni, e ti hanno fatto morire di crepacuore. Vado a vendicarti, papà.*

Capodanno 2000

And we all say
don't want to be alone
we wear the same clothes
because we feel the same
and kiss with dry lips
when we say goodnight
end of the century... it's nothing special

Blur – End of a century

Piazza dell'Abbazia era paurosamente gremita. Jacopo bevve un altro sorso di spumante per tenere a bada l'ansia montante, con l'unico risultato di farsi venire la nausea. Odiava lo spumante, e quello era dolce, e l'unico alcolico che Jacopo odiava più dello spumante era lo spumante dolce. Ma non era riuscito a trovare una birra, quindi dovette accontentarsi. A quanto pareva, quell'anno nessuno era andato a festeggiare in discoteca, o al ristorante, o a casa di amici o a casa dei nonni. Davanti al palco c'erano tutta la scuola, e tutta la famiglia, e tutte le persone che aveva conosciuto di sfuggita dall'asilo in poi, e il sindaco, e i genitori di Carla (che non avevano delle belle facce), e ogni singolo abitante della provincia. Cercò Carla con lo sguardo e si rabbuiò vedendola parlare con Andrea. Stavano ufficialmente insieme da più di due mesi, ma lui aveva ancora dentro una latente paura di essere solo un ripiego e che alla prima occasione lei sarebbe tornata da quel fighetto e magari si sarebbe messa a suonare nei Countryside. Bevve un altro po' di quello schifoso spumante e si avvicinò ai due dissimulando la gelosia con un sorriso cordiale rivolto ad Andrea.
«Amore,» disse Carla mettendogli un braccio intorno alla vita. «Andrea ci stava facendo i complimenti per il nuovo look.»
«Tutto merito suo,» sottolineò Jacopo prima di darle un bacio. «La nostra guru dello stile. Comunque,» aggiunse per distogliere lo sguardo di Andrea

dalla scollatura di Carla, «non abbiamo solo un nuovo look, anche un nuovo sound. Abbiamo comprato un synth, lo suona Sandro.»

«Un synth, eh? A me non piace l'elettronica, la trovo finta.»

«Beh, sono gusti. Vieni Carla, devo dirti una cosa.»

Mentre si allontanavano, Jacopo si insultò mentalmente perché come al solito non aveva elaborato subito la risposta giusta. La risposta giusta era: "Io invece trovo finto te, che ti vesti di stracci anche se c'hai i soldi che ti escono dalle narici". Considerò l'idea di pronunciare la battuta a scoppio ritardato ma gli parve una stupidaggine puerile, e si limitò a chiedere a Carla se aveva un po' di fumo. «Sono agitatissimo, mi sta venendo un infarto. Tu non sei agitata? Madonna che... ah, una birra finalmente!» disse precipitandosi da Ivan, che stava arrivando dal bar reggendo quattro bottiglie per mano. Ne prese una per sé e una per Carla. Mentre gliela offriva la guardò e sorrise. Era bellissima, coi capelli di un rosso più deciso che facevano venire fuori il verde nascosto nel castano degli occhi, il naso che diceva sempre di volersi rifare ma che secondo lui era perfetto, e quelle labbra rosse come i capelli, e il vestito verde con la gonna a ruota e il corpetto aderente che la faceva sembrare più grande, una donna, e quell'espressione decisa. «Certo che sono agitata, sono proprio impanicata,» disse lei, cogliendolo di sorpresa: gli sembrava che fosse nel pieno controllo della situazione. «C'è mio padre, porca puttana. Hai visto che faccia? Adesso che mi vede sul palco, con questa scollatura, a suonare...» fece una breve risata, «"musica bolscevica"... minimo mi caccia di casa e mi fa scomunicare. Andiamo a vivere insieme?» domandò sbattendo le ciglia.

«Certo che sì. Studieremo filosofia e scriveremo poesie e ci nutriremo di arte e birra, e... ne vado a prendere un'altra va', che mi viene da vomitare.»

«Aspetta, oh, non stai bevendo troppo?» cercò di fermarlo Carla, invano: Jacopo era partito a razzo prima di finire la frase, aveva trovato sulla sua strada una bottiglia di spumante e ci si era attaccato. «Dammene un po', almeno.» Gli prese di mano la bottiglia ma si limitò a bagnarsi le labbra prima di passarla al cantante dei Teardrop, che era appena sceso dal palco. Non voleva ubriacarsi, e del resto pensava che un cantante ubriaco in scena non fosse una buona idea, non erano ancora abbastanza bravi e famosi da poterselo permettere. Il presentatore della serata stava prendendo tempo mentre i tecnici sistemavano gli strumenti. I The Pool erano i prossimi. Mancava un'ora esatta alla mezzanotte e al nuovo millennio quando salirono sul palco. Jacopo, come temeva Carla, era ubriaco ma, come sperava, non lo era troppo: come lei, e come Ivan, Igor e Sandro, lo era abbastanza da dimenticare la presenza di genitori, parenti, amici e cittadinanza tutta, abbastanza da divertirsi e prodursi in una cazzutissima performance da band navigata. Tanto cazzuta che appena scesi dal palco trovarono Luigi Nocera a complimentarsi e a proporre loro di tornare sul palco più tardi per suonare una canzone con lui. Così, mentre i fuochi d'artificio rumoreggiavano e il Millennium Bug cercava una nuova emergenza in cui incarnarsi, i The Pool brindarono con Nocera e poi si appartarono per accordarsi su una versione elettropop di *Come Together*.

Jacopo passò l'ora successiva senza godersi il concerto di Luigi, preso da catastrofiche premonizioni: avrebbe stonato, avrebbe dimenticato il testo, sarebbe caduto, sarebbe svenuto, avrebbe cantato, e anche male, le parti di Nocera che si sarebbe incazzato e li avrebbe fatti bandire da tutte le radio e i giornali e le televisioni e i siti internet, aveva bevuto troppo e tutti se ne sarebbero accorti, avrebbe biascicato come un povero patetico alcolista e fatto una figura barbina davanti a tutta la città, e i The Pool l'avrebbero cacciato dal gruppo e avrebbero chiamato a cantare al suo posto Andrea dei Countryside. Perché non sono sicuro di me come Carla, perché non sono figo e tranquillo come Sandro, perché non sono cazzaro come Ivan e Igor? Si chiedeva mentre accettava da Ivan un cicchetto di vodka liscia sotto lo sguardo preoccupato di Carla. Quando finalmente si trovò a fianco di Luigi era in effetti molto ubriaco, ma riuscì a mantenere la posizione eretta e a non biascicare. Sbagliò qualche parola, ma non se ne accorse nessuno tranne lui, che ripensò a quei due errori per una settimana abbondante.

Più tardi, nel backstage, fecero un altro brindisi, stavolta per festeggiare la proposta di Nocera: registrare un album con l'etichetta che aveva fondato qualche mese prima, la Nut Records. Nel frattempo, Giorgio Di Giorgio arrancava nella folla della piazza e poi del retropalco, sudato per lo sforzo di fendere la ressa a colpi di gomiti e pancia, le urla sovrastate dal rumore di petardi e bottiglie stappate e voci festanti.

Gli altri videro Carla sparire, risucchiata dalla calca ma, ubriachi ed eccitati, non si fecero domande e continuarono a progettare il fulgido futuro dei The Pool.

«E lasciamiiiii! Ma che vuoi? Ahia! Mi stai slogando una spalla, ma sei scemo? Lasciami, ti denuncio! Ti denuncio!»

«Muoviti, non diamo altro spettacolo.» Di Giorgio trascinava la figlia stringendole il braccio con inaspettata energia. La macchina era parcheggiata vicino alla piazza, Maria già sul sedile posteriore. Di Giorgio scaraventò dentro Carla e si mise al volante. «Voi non vi rendete conto, non vi rendete conto! E tu!» sbraitò all'indirizzo della moglie. «Andiamo a sentire Carla, Carla è bravissima! Non ci posso credere, ti ho pure pagato le lezioni di chitarra, per che cosa? Per vederti su un palco vestita come una... come una... a fare quella musica da... da...»

«Da?»

«Zitta, zitta! Che gli racconto a Don Paolino, eh? Eh? Già gli ho dovuto dire che vai in un'altra parrocchia, quando mi ha chiesto perché non venivi più a messa con noi. Adesso che gli dico, che sei diventata atea? Eh? Che vuoi fare, ti vuoi trasferire a Cuba? Eh? Eh? O in Cina? Eh? Lo sai chi sono quei due, quelli… quelli… sono nipoti di Gagliardi! Ti sei messa a suonare coi parenti di Gagliardi! Oddio! Che vuoi dire adesso, che i nipoti di un comunista non sono comunisti? Eh? Zitta! Zitta! Non mi rispondere!»

«Ma non ho dett…»

«Zittaaaa!»

Il colorito di suo padre stava diventando pericolosamente vicino a quello del vino che produceva, e le vene sul collo somigliavano a tubature arrugginite, così Carla decise di tacere.

«Tu da domani esci solo per andare a scuola!» minacciò entrando in casa.

«E dai papà, non essere ridic…»

«Ti ho detto che devi stare zitta, muta! Dammi le chiavi del motorino.»

Carla rimase ferma, in attesa che la follia scemasse.

«Dammi le chiavi!»

«Dagli le chiavi,» intervenne sommessa Maria.

Carla fissò entrambi con un misto di odio e incredulità, e consegnò le chiavi. «Guarda chi c'è,» cantilenò beffarda facendo oscillare davanti agli occhi del padre il portachiavi con l'effigie di Che Guevara. Di Giorgio ringhiò afferrandolo. «Andiamo a dormire,» ordinò a Maria. La donna lo seguì placida, lanciando un'occhiata abbattuta alla figlia che stava nervosamente cercando il telefono in borsa mentre saliva al piano di sopra. Chiuse a chiave la porta della camera, si buttò sul letto e chiamò Jacopo.

***

«Ma che cos'è un nome? Una rosa non profumerebbe forse allo stesso modo se…»

«Smettila cretino, che se ci sente ci manda tutti e due al confino. Muoviti a salire,» sussurrò Carla, affacciata al balcone.

«E come salgo, mi butti la treccia?»

«Ma sei proprio cretino. Ti ho già aperto la porta, muoviti.»

«Oh, non è che si sveglia?», chiese Jacopo mentre entrava in camera guardandosi intorno con fare timoroso.

«No, si sente russare da qua. Dai, non mi far stare sulle spine, che ha detto Luigi?»

Jacopo si illuminò. «Riscalda le dita, fra due settimane cominciamo a registrare! E poi… quest'estate andiamo in tour con lui!»

«Oh mio dio, cazzo cazzo, che bello!» Carla saltellava per la stanza facendo sforzi immani per non mettersi a urlare.

43

«Domani facciamo una festa da Sandro,» annunciò Jacopo. «Adesso invece festeggerei privatamente, che dici?»

«Dico,» rispose Carla sbottonando la camicia di Jacopo, «che il mio letto è comodissimo, ed è uno scandalo che non l'abbiamo ancora mai usato per... festeggiare.»

«È un vero peccato,» ribadì Jacopo scansando un peluche.

«E dico anche che farlo con i miei nell'altra stanza è supereccitante.»

«Il pericolo è il mio mestiere, baby.»

«È una cosa super rock!»

«Zitta, dammi un bacio.»

«Ti amo.»

«Ti amo.»

Maggio 2000

Take me out tonight
where there's music and there's people
and they're young and alive
driving in your car
I never never want to go home
because I haven't got one
anymore

The Smiths – There is a light that never goes out

Lunedì
Geremia uscì di casa alle otto e trenta. Salutò la signora Baratti che portava fuori il cane, si fermò a prendere caffè e cornetto al bar di Ciro e andò ad aprire il negozio. Alle tredici e un quarto uscì, prese un calzone prosciutto e mozzarella alla pizzetteria Pizzapazza, andò a mangiarlo su una panchina del terminal, fumò una sigaretta e tornò in negozio. Alle venti uscì, tornò a casa, fece la doccia, cenò con i genitori, quando Paolo citofonò scese, andò a prendere una birra al pub Chelsea, alle ventidue e trenta tornò a casa, alle ventitré si mise a letto, alle ventitré e trenta si addormentò.

Martedì
Geremia uscì di casa alle otto e trenta. Salutò la signora Baratti che portava fuori il cane, si fermò a prendere caffè e cornetto al bar di Ciro e andò ad aprire il negozio. Alle tredici e un quarto uscì, prese un calzone prosciutto e mozzarella alla pizzetteria Pizzapazza, andò a mangiarlo su una panchina del terminal, fumò una sigaretta e tornò in negozio. Alle venti uscì, tornò a casa, fece la doccia, cenò con i genitori, quando Paolo citofonò scese, andò a prendere una birra al pub Chelsea, alle ventidue e trenta tornò a casa, alle ventitré si mise a letto, alle ventitré e trenta si addormentò.

Mercoledì

Geremia uscì di casa alle otto e trenta. Salutò la signora Baratti che portava fuori il cane, si fermò a prendere caffè e cornetto al bar di Ciro e andò ad aprire il negozio. Alle tredici e un quarto uscì, prese un calzone prosciutto e mozzarella alla pizzetteria Pizzapazza, andò a mangiarlo su una panchina del terminal, fumò una sigaretta e tornò in negozio. Alle venti uscì, tornò a casa, fece la doccia, cenò con i genitori, quando Paolo citofonò scese, andò a prendere una birra al pub Chelsea, alle ventidue e trenta tornò a casa, alle ventitré si mise a letto, alle ventitré e trenta si addormentò.

Giovedì

Geremia uscì di casa alle otto e trenta. Salutò la signora Baratti che portava fuori il cane, si fermò a prendere caffè e cornetto al bar di Ciro e andò ad aprire il negozio. Alle tredici e un quarto uscì, prese un calzone prosciutto e mozzarella alla pizzetteria Pizzapazza, andò a mangiarlo su una panchina del terminal, fumò una sigaretta e tornò in negozio. Alle venti uscì, tornò a casa, fece la doccia, cenò con i genitori, quando Paolo citofonò scese, andò a prendere una birra al pub Chelsea, alle ventidue e trenta tornò a casa. Passando davanti all'Abbazia sentì i bassi di un concerto provenire dall'interno e vide ragazzi ritardatari entrare di corsa. «Chissà che acustica di merda in quel posto,» disse a Paolo. «Chi suona?» chiese all'amico. «Subsonica,» lesse dal manifesto senza aspettare la risposta. «Che merda.»

«Io li ho sentiti, non sono male,» osservò Paolo.

«Sì vabbè. E vai, vai al concerto allora, insieme a 'sti ragazzini. Senti, piuttosto domani vieni al negozio che ti faccio sentire un live degli Yes da paura. Te l'ho raccontato di quando ho visto gli Yes a Santa Barbara?»

Il concerto era sold-out, l'Abbazia non era mai stata così piena. L'acustica effettivamente non era il massimo, ma Carla si stava divertendo troppo per badare alle pecche tecniche.

«Il cantante è proprio figo,» disse all'orecchio di Alessandra, la nuova ragazza di Igor.

«Ma per favore,» intervenne Jacopo, «è un tappo con la faccia da scemo.»

«Oh, che udito fino. Che sei geloso?» lo prese in giro Carla.

«Sì, di quel nano saltellante?»

«Scemo. Dai, fammi sentire questa che mi piace un sacco.»

«Comunque,» disse Jacopo mentre uscivano, «era più bello il primo disco.»

«Ah, poi sono io la snob?» lo punzecchiò Carla.

«Ha ragione,» disse Igor, «il secondo è commerciale, la canzone di Sanremo poi, non ne parliamo proprio.»

«A me piace la canzone di Sanremo, e non è mica tanto commerciale,» protestò Alessandra.

«Zitta tu, che ascolti Bobby Solo,» rise Igor.

«Cretino.»

«Comunque sono meglio gli Afterhours. L'altra sera stavo per eiaculare, che concerto della madonna,» dichiarò Jacopo.

«E che c'entra?» disse Carla, «Mica sono in gara. Per voi maschi è tutto un campionato.»

«Una cosa è sicura,» tagliò corto Igor, «i The Pool sono meglio di tutti. Ehi ehi!» esclamò poi bloccandosi sulla porta. «Fermi tutti, dobbiamo tornare indietro.»

Jacopo, Carla e Alessandra si guardarono senza capire.

«Birra, birra, anzi champagne!» continuò Igor facendo segno di seguirlo al bar. «Avete visto che è passata la mezzanotte?»

Jacopo capì, e anche Carla. Carla era quasi commossa dal fatto che il primo a ricordarsi del suo compleanno fosse stato Igor. I gemelli Scombination riuscivano sempre a stupirla con le improvvise manifestazioni di tenerezza che di tanto in tanto si alternavano ai loro modi da scombinati irriducibili. Erano i momenti in cui capiva perché Jacopo fosse tanto legato a loro: sapevano essere degli amici affettuosi e attenti.

«A Carla che diventa maggiorenne!» brindò Jacopo. «Auguri!»

«E domani,» intervenne Igor ammiccando, «tutti a Villa Regina col vestito buono!»

Carla fece finta di non aver sentito e continuò a baciare Jacopo. Questi erano i momenti in cui invece non capiva che cosa ci facesse uno come lui con quei due stronzi.

***

Carla era in piedi davanti allo specchio indecisa se piangere, ridere o suicidarsi. Indossava un abito di taffetà rosa con la gonna appena sotto il ginocchio e le spalline decorate con un motivo di roselline. Decolleté in tinta. Capelli raccolti a banana con due boccoli liberi a lato. Tutto considerato, suicidarsi le sembrava l'opzione più desiderabile. Buttarsi dal balcone. "La nostra bassista, che era anche la mia ragazza, si è suicidata il giorno del suo diciottesimo compleanno.", ecco una buona storia per le interviste di Jacopo. Si fece coraggio e uscì dalla camera. Maria l'aspettava fuori dalla porta, con gli occhi già lucidi di commozione e la macchina fotografica pronta. «Non ci provare,» disse Carla togliendogliela di mano e buttandola sul letto. «Non voglio prove di questa stronzata che faccio solo perché mi hai ricattata.»

«Carla,» disse la madre con tono supplichevole «ma che dici, ma perché sei sempre così esagerata! Dai andiamo, vedrai che ti diverti, ci sono anche i tuoi amici, no?»

«No. Non li ho invitati e non li voglio. Ci sono quelli che secondo te e papà dovrebbero essere miei amici, è diverso.»

«E dai, sono ragazzi della tua età comunque, vi divertirete, dai non fare così, sarà una bella serata.»

«Mamma. Basta. Andiamo.»

Un mese prima, Maria era entrata in camera di Carla, dove lei stava facendo finta di studiare – la Perrella le aveva detto che l'indomani l'avrebbe interrogata, e le aveva "suggerito" di ripassare Foscolo e il romanticismo europeo – e si era seduta sul letto.

«Tuo padre ha dei sospetti,» aveva esordito senza preamboli.

Carla si era girata a guardarla con espressione interrogativa.

«Dai, non fare finta di non capire. Mi ha chiesto due o tre volte se secondo me il pomeriggio vai veramente a studiare da Laura o se stavi facendo la furba. E io "ma sì, ma che dici, Carla non fa queste cose". Ti rendi conto di quello che mi stai facendo fare? Devo pregare il doppio tutte le sere, per tutte le bugie che gli sto dicendo. E poi ieri mi ha detto che secondo lui ci stai prendendo in giro e chissà dove te ne vai. Ha detto che ti vuole togliere il permesso di andare da Laura, che puoi studiare benissimo da sola a casa, ha detto così.»

«E tu?»

«Io gli ho detto che sei una brava ragazza, che vai veramente a studiare, e a fare una buona azione perché la povera Laura ha problemi di apprendimento e le serve il tuo aiuto. E poi gli ho detto che dovreste fare pace e organizzare insieme la festa.»

«La festa?»

«La tua festa di compleanno. Lo sai quanto ci tiene.»

«Ma io non la voglio fare!»

«Carla,» disse Maria con la fermezza delle occasioni speciali. «Sono tre mesi che dico bugie in continuazione, e lo faccio per te. Tu puoi fare una sola cosa per me, e per tuo padre? Per lui è importante. E anche per te. È una specie di debutto in società.»

Carla rise sarcastica. Sua madre si alzò. La postura non era incurvata, per la prima volta a memoria di Carla. «Vai da tuo padre, fai pace con lui e aiutalo a organizzare la festa. Altrimenti gli dico dov'è che vai veramente tutti i giorni.»

Carla non poté controbattere e fece quello che le era stato chiesto. Se sua madre avesse detto a Giorgio che invece di studiare stava registrando un album con un gruppo di comunisti fra cui due nipoti (di secondo grado, ma suo padre non stava a sottilizzare) del sindaco Gagliardi, con la produzione di un noto deviato sessuale, si sarebbe scatenato l'inferno. Quel paranoico sarebbe stato capace di pagare qualche amico poliziotto per farli arrestare tutti.

Quindi si sistemò nel sedile posteriore, con suo padre alla guida e Maria a fianco, impettita come la first lady che era destinata a diventare, e affrontò la strada da casa al ristorante Villa Regina come l'ultima camminata nel braccio della morte.

La sala era già piena, suo padre aveva voluto che lei facesse un ingresso trionfale e così fu: quando entrò, il gruppo smise di suonare e tutti i presenti applaudirono, poi dal soffitto cadde una pioggia di coriandoli dorati mentre la band attaccava una canzone che lei non conosceva, il cui testo diceva qualcosa come "è difficile avere diciott'anni". Almeno questo è decisamente vero, pensò mentre riceveva baci e abbracci da persone di cui sapeva a malapena il nome, altre di cui non lo conosceva affatto e persone che conosceva bene ma di cui avrebbe volentieri fatto a meno. Andrea, per esempio. Sua madre l'aveva sempre adorato, e in nome dei suoi prestigiosi natali era pronta anche a passare sopra al fatto che pure lui fosse un esecutore della musica del diavolo. Probabilmente lo considerava solo un hobby di gioventù (e non aveva nemmeno tutti i torti). Una volta, addirittura, le aveva detto che le canzoni dei Countryside erano belle. Cosa che non aveva mai detto dei The Pool, loro le facevano schifo, si vede, e come poteva essere altrimenti? Lei era la figlia sbagliata: il sesso sbagliato, gli interessi sbagliati, l'abbigliamento sbagliato, il ragazzo sbagliato, il gruppo sbagliato. La festa sbagliata. C'erano camerieri che giravano per la sala reggendo vassoi di tartine e spumante, la band suonava grandi successi italiani degli anni Sessanta, Settanta e Ottanta, e il suo vestito faceva pendant con il colore delle pareti e i nastri che decoravano le sedie. Vide suo padre che le faceva segno di avvicinarsi dal lato opposto della sala, si scusò con Andrea e l'attraversò, guardandosi intorno in cerca di Laura. Le aveva detto alle otto, ma come al solito sarebbe arrivata con calma, alle dieci se tutto andava bene. Voleva un bene dell'anima a Laura, era la sua migliore amica dalla prima media, ma i ritardi regolari cominciavano davvero a stancarla. Soprattutto questa sera, in cui lei sarebbe stata l'unica amica in una folla di vecchi e, come avrebbe scritto il giorno dopo sul Quotidiano di Parcopiano la sua brillante cugina giornalista Rossana Di Giorgio, "rampolli della buona società parcopianese". Sì, la festa sarebbe finita sul giornale, per la gioia dei gemelli Scombination, che avrebbero attaccato copie dell'articolo per tutte le pareti dello studio e per tutta la scuola, e l'avrebbero presa per il culo per mesi. Dov'era la sua migliore amica mentre si prefigurava questo triste futuro prossimo?

Suo padre le mise una mano sulla spalla mentre la presentava al presidente della giunta provinciale. «Senti Carla, senti che bella iniziativa: quest'estate la provincia offrirà agli studenti più meritevoli degli stage nei vari assessorati, e non solo, è previsto anche un viaggio a Bruxelles. Il dottor Fabretti terrà un posto per te, non dovrai passare la selezione, visto che gentile? È il suo regalo di compleanno. Mia figlia,» disse rivolgendosi a Fabretti, «è una studentessa modello. Quant'è brava, non hai idea, studia, studia sempre. Ed è veramente appassionata di politica. È anche rappresentante d'istituto. Eh sì, la nostra è proprio una passione di famiglia. Dopo il diploma si iscriverà a scienze politiche, e poi sicuramente farà carriera nel partito.»

Fabretti sorrise annuendo accondiscendente mentre Carla si sottraeva all'abbraccio paterno. Certo, carriera, come no, pensava, un carrierone da moglie/assistente del sindaco. «Grazie. Grazie, davvero. Scusate, dovrei andare a salutare un'amica.»

«Vai vai, Carletta, vai a divertirti con i tuoi amici. Ti stai divertendo?»

Carla annuì allontanandosi. Uscì in giardino e telefonò a Laura.

«Sto arrivando, sto arrivando, scusa, non sai che è successo, abbiamo dovuto portare il cane dal veterinario, ha mangiato…»

«Sì va bene dai, non m'interessa, basta che ti sbrighi.»

«Posso fumarmi una sigaretta con te?» Andrea l'aveva raggiunta dietro il cespuglio dove si era nascosta per fumare. Senza parlare, lo invitò a sedersi. «Dopo me lo concedi un ballo?»

«Com'è che sei diventato tutto gentile adesso? Mi hai trattato come una merda per tre anni, hai fatto sempre i comodi tuoi, adesso chiedi permesso, fai il damerino… mi concedi un ballo… dove stiamo, a Versailles?»

«Madonna quanto sei acida. Non eri mica così prima, che t'ha inacidita quell'esaurito del tuo nuovo fidanzato?»

«Veramente sono acida perché sono qui con te invece che con lui.»

«Che dolce. E perché non è venuto?»

«Perché questa non è la mia festa, è la festa di mio padre. Torno dentro che ho freddo, ciao.»

«Carla.»

«Eh.»

«Io se fossi stato il tuo ragazzo mi sarei imbucato.»

«E avresti fatto male. Gli ho detto io di non provarci nemmeno. Guarda come sono vestita. Guarda che capelli che mi hanno fatto.»

«A me piaci anche così.»

«Vaffanculo.»

Quel deficiente, non le aveva fatto un complimento per tre anni, e adesso faceva il romantico. Deficiente figlio di papà che piangeva per il giocattolino perso. Chissà se Angela aveva un po' di fumo. La cercò. Angela era l'unica dei "rampolli" che le stava simpatica. Aveva fatto le elementari con lei, era un maschio mancato che faceva sempre a botte. Anche adesso ogni tanto la vedeva nei corridoi della scuola intenta a spintonare qualcuno. Quando non era in bagno a fumare. Era sempre ben fornita. Fortunatamente per Carla, non si era presentata alla festa senza una buona scorta. Andarono in giardino e tornarono dentro dopo più di mezz'ora. Carla si sentiva di umore un po' meno funesto, e concesse anche quel ballo ad Andrea.

Sulle note de *I migliori anni della nostra vita* entrò una torta a quattro strati – ovviamente rosa. Mentre tagliava la prima fetta, guardò Giorgio e vide che aveva gli occhi umidi. Non era una novità, ma stavolta notò qualcosa di diverso. Forse era ancora l'effetto del fumo, ma percepì qualcosa, percepì l'amore vero e incondizionato di suo padre, percepì che l'orgoglio che ostentava nei suoi confronti era reale, per la prima volta le sembrò di riuscire a capirlo, a capire che quello che voleva per lei lo voleva davvero per il suo bene, perché era l'unica realtà che conosceva, qualcuno aveva preparato una strada per lui e lui ne stava preparando una per lei. Questo era il suo mondo, era piccolo ma era un mondo, e lei era il futuro di quel mondo, l'unico possibile. E lo amò, e provò una tenerezza che non credeva possibile, e le fece pena, le si spezzò il cuore al pensiero di quello che stava per fare, al pensiero di quando, domani, lui si sarebbe svegliato e avrebbe scoperto che se n'era andata.

Spense le candeline e partirono i fuochi d'artificio.

9 maggio 2000

Giorgio Di Giorgio era steso sul divano, con le occhiaie e una bottiglia di Tintilia del '97, e faceva un brindisi solitario alla maggiore età della sua unica erede. Che se n'era andata. Senza salutarlo, era sgattaiolata via in piena notte come nei film, lasciando solo un biglietto: *Ora sono maggiorenne, vado a vivere da sola. Non mi cercate, vi chiamo io. Baci.*
Solo. Abbandonato da tutti. All'opposizione. Dimenticato. Finito. Padre degenere. Padre fallito. Figlio degenere. Devo fare qualcosa. La mia vita non può finire così. Solo. All'opposizione. Opposizione… che brutta parola… che parola comunista… devo fare qualcosa. Qualcosa…
Di Giorgio si alzò di scatto dal divano. La tintilia e il dolore l'avevano ispirato. Telefonò al suo assistente. «Convoca tutti. Riunione straordinaria. Straordinarissima. Come quando? Oggi. Alle tre.»
Riattaccò e andò alla finestra. Lì fece un'altra telefonata. «Papà? Sì, sto bene. Sì, stiamo tutti bene. Sì, è qui, ti saluta tanto. Papà… ti ricordi quel giorno, davanti alla finestra… guardavamo la città ai nostri piedi… no, papà, non sto piangendo. Sì papà, faccio l'uomo. Ti ricordi quando mi hai detto "tutto questo un giorno sarà tuo"? Preparati papà, a vedere tuo figlio con la fascia tricolore, perché ora so che cosa devo fare. Oggi inizia la rinascita di Parcopiano. I Di Giorgio stanno tornando.»

***

Carla uscì da scuola e tornò nella sua nuova e provvisoria casa. I genitori

di Jacopo l'avevano accolta con gentilezza quando Jacopo aveva chiesto se poteva fermarsi qualche giorno perché stavano facendo dei lavori nella sua stanza. Aveva passato una piacevole domenica casalinga, era andata a dormire serena e si era svegliata contenta di avere un fidanzato con una così bella famiglia. Non sapeva che, mentre lei dormiva tranquilla nella microscopica cameretta degli ospiti, lui si era girato e rigirato nel letto in preda a devastanti quesiti esistenziali. Cosa avrebbero dovuto fare adesso? Quanto sarebbero potuti durare questi fantomatici lavori? E se i suoi avessero incontrato i genitori di Carla? Se avessero saputo da qualcuno che Carla se n'era andata di casa? Parcopiano era piccola, tutti sapevano tutto di tutti. Avrebbe dovuto andarsene anche lui? Sarebbero dovuti andare a vivere insieme? Ma dove? E con quali soldi? Andavano ancora a scuola. Avrebbero lasciato la scuola? Verso le quattro si era alzato, era andato sul balcone a fumare una sigaretta, si era congelato perché non aveva indossato niente sopra il pigiama, era rientrato e aveva bussato alla porta della camera dei suoi. Con un occhio aperto e uno chiuso, l'attonita coppia aveva ascoltato senza interrompere: «Vi devo dire una cosa. Prima di tutto, fatemi precisare che essere qui, adesso, fa di me una pessima rockstar ribelle. Dovrei rubarvi i soldi per comprarmi la droga, saltare intere settimane di scuola, ritirarmi appena prima del diploma, dire che vado in vacanza a San Benedetto del Tronto e andare invece a strafarmi di peyote a Puerto Escondido, cose così. E invece non lo so, forse ho ereditato da voi un qualche terribile gene dell'impiegato pubblico, qualunque cosa sia c'è qualcosa che non va in me, perché non so mai che cosa fare, adesso io dovrei essere felice perché sono sotto lo stesso tetto con la mia ragazza e siamo liberi e possiamo fare quello che ci pare, ma io non so che cosa sia questo "quello che ci pare". Non c'è nessun lavoro in corso a casa di Carla. Ha fatto diciotto anni e se n'è andata. È proprio scappata, in pratica, ha lasciato un biglietto e se n'è andata in piena notte, i suoi non sanno che è qui. Quindi… non lo so. Pensavamo di prenderci un appartamentino, ma io nemmeno lo so se sono pronto per la convivenza. Certo abbiamo diciott'anni, e a diciott'anni nel mondo civile le persone vanno via di casa… poi se tutto va bene, e il disco va bene, e andiamo in tour, ce lo potremo permettere. È una bella cosa, no? Non siete orgogliosi? Avete un figlio che a quasi diciott'anni è già autonomo, fa il lavoro dei suoi sogni e ha una meravigliosa fidanzata… sì, adesso che ho parlato con voi ho le idee più chiare. Credo che sia la cosa giusta. Sì. Stiamo qui solo per un po' ancora, il tempo di trovare una casetta. Che ne dite? Sì. Grazie. Buonanotte.»
Il giorno dopo, all'ora di pranzo, Riccardo e Lucia aspettavano i ragazzi giocherellando con forchette e tovaglioli e sorseggiando vino. Quando sentirono aprirsi la porta, trasalirono e accolsero Jacopo e Carla con sorrisi

forzati. A tavola, il silenzio si tagliava col coltello. Jacopo provò a romperlo un paio di volte, accennando alla festa di compleanno che avevano organizzato per Carla nella casa al mare dei gemelli Scombination. I genitori si limitarono ad annuire, palesemente immersi in altri pensieri. Carla, che ne aveva intuito la natura, spiluccava le lasagne a testa bassa. I signori Ippoliti si scambiarono ancora qualche sguardo esitante, infine Riccardo si schiarì la gola.

«Sì?» fece Jacopo, pensando che avesse qualcosa da dire.

«Eh? Ah no, niente,» dichiarò il padre, rimettendosi a mangiare.

«Piccolo borghese ipocrita,» disse Jacopo fra i denti.

«Come scusa?»

«Piccolo borghese ipocrita,» ripeté Jacopo, più forte. «Dì quello che devi dire, forza. Anche tu, mamma, mi sembri un'ameba. Vi siete scambiati i ruoli? Dai, che cosa ci dovete dire?»

La madre sospirò, si grattò una guancia, sospirò di nuovo, guardò il marito. «Beh… noi abbiamo un po' parlato… di questa… situazione… insomma ecco… forse non è il caso che Carla… Carla, ti parlo come una mamma, tu per me sei come una figlia. Torna a casa, fai pace con tuo padre. Ma te l'immagini come sarà preoccupato? E tua madre, povera donna?»

«Ecco, lo sapevo!» si inalberò Jacopo senza dare alla ragazza il tempo di rispondere. «Lo sapevo che non dovevo dirvi niente. E invece no, vi sono pure stato a sentire, parla con noi Jacopo, perché non ci dici mai niente, Jacopo? Che hai Jacopo? Noi ti ascoltiamo, Jacopo… Ecco il risultato! Siete dei finti progressisti, gretti, chiusi e ottusi come tutti gli altri! Carla ha diciott'anni, è maggiorenne, lo capite o no? E fa quello che vuole, e lei a casa non ci torna!»

«Hai finito?» intervenne il padre. «Lei sarà pure maggiorenne, ma questa è casa nostra, e come genitori non possiamo prenderci la responsabilità di…»

«Casa nostra! Casa nostra! Eccola la grettezza! Avete detto che per voi è una figlia, e che fate? La cacciate di casa! Bravi, bravi!»

«Dai Jacopo,» disse Carla, «non fare così, se non se la sentono…»

«No,» continuò Jacopo, «non provare a giustificarli, sono delle persone da niente. Sapete che vi dico? Che se va via Carla, io me ne vado con lei.»

«Oh, ma smettila di fare il supereroe, e dove vorresti andare?» chiese suo padre.

«Smettila di fare il supereroe? Smettila di fare il supereroe? Smettila di fare il supereroe! Ma per chi mi hai preso? Avrò anche il gene dell'impiegato, ma di sicuro non mi faccio trattare come un bambinetto isterico. Carla, andiamo. Andiamo a stare nella casa al mare di Ivan e Igor. Prima dell'estate troveremo un altro posto. Anzi no, non ci servirà, perché saremo in tour!» Jacopo concluse la sua dichiarazione mentre era già in camera a preparare un borsone.

Carla lo seguì eccitata. I genitori di Jacopo le piacevano, molto, ma non avrebbe potuto continuare a fare l'ospite tanto a lungo senza sentirsi in imbarazzo. E l'idea di vivere con lui proprio davanti al mare era così romantica che solo a pensarci si sentiva piena di ispirazione. Lucia tentò di dissuadere il figlio, lo seguì fino alla porta tenendolo per la giacca, ma Jacopo fu irremovibile.

«Grazie di tutto,» disse con studiata amarezza chiudendo la porta.

«Evvai!» esultò appena fu fuori con Carla. «Finalmente ho qualcosa da raccontare nelle interviste!»

«Siamo due giovani rockstar ribelli! Siamo come Kurt e Courtney, siamo come Sid e Nancy,» rispose Carla saltellando verso lo scooter.

«Ma vanno in motorino? Arrivano fino a Parcomarina in motorino? Oddio!» disse Lucia, sull'orlo delle lacrime, accasciandosi su una sedia.

***

«Cioè adesso vivi con il tuo ragazzo? Madonna che stima. Te l'immagini mia madre, se andassi a vivere con Fabio?» disse Laura. «Poi vicino al mare… madonna che bello qua.»

«Sì, ma dobbiamo cercare un'altra casa, non è che possiamo abitare a scrocco. Poi d'estate qua ci vengono i signori Scombination,» disse Carla. «E poi,» continuò, «io me ne sono andata senza salutare, non è che mia madre l'ha presa bene. Che ne so come l'ha presa. Poi diciamo pure che non c'abbiamo una lira, che la mattina ci dovremo svegliare all'alba per arrivare a scuola, e poi stiamo ancora finendo di registrare il disco… insomma è un casino.»

«Lo so. Ma prendila dal verso giusto. Cioè, sei andata a convivere, cazzo, ti rendi conto? E stai registrando un disco! La mia compagna di banco convive, fa un disco e va in tour con Luigi Nocera! E detto fra noi, Jacopo è diventato proprio carino. Posso essere un po' invidiosa?»

Carla sorrise. «Solo un po', che l'invidia rovina le amicizie, e io voglio essere tua amica per tutta la vita.»

Si abbracciarono. «Ti voglio tantissimo bene, lo sai?» disse Carla. «Mi dispiace che ultimamente abbiamo parlato poco. Vieni a studiare qui uno di questi pomeriggi?»

«Certo. Dai, adesso però torniamo dentro a divertirci. Oh, hai diciotto anni! Andiamo a farci un'altra birra, dai. Ci ubriachiamo?»

«Sì! Ma altro che birra, ubriachiamoci bene. Vieni con me.»

Raggiunsero la cucina saltellando fra gli invitati a ritmo di *Run Run Run* dei Velvet Underground.

«Oh, andate da un'altra parte a fare un figlio, che io e la mia amica abbiamo da fare qui!» disse minacciosa spingendo fuori una coppia intenta a baciarsi davanti al frigorifero, poi fu colta da una crisi di riso convulso. «Ma chi erano quei due? C'avevano tredici anni, tipo. Chi li ha invitati?» chiese fra i singulti.

«Boh, chi li conosce,» rispose Laura, anche lei piegata in due dal ridere. «Io sono già ubriaca, altro che!» aggiunse senza smettere di ridere.

«Io no. Guarda qua. Roba seria,» disse Carla mostrando all'amica una bottiglia di rum. «Tieni, comincia tu.»

Laura non se lo fece ripetere. Prese la bottiglia e fece un lungo sorso, poi la passò a Carla tossendo e ridendo. «Madonna, se non vado in coma etilico stasera non ci vado più.»

«Luigi!» esclamò Carla varie sorsate dopo, correndo ad abbracciare Nocera, che si era affacciato alla porta della cucina con in mano un pacco regalo. «Che bello che sei venuto, grazie! Vieni, fatti un cicchetto con noi. O vuoi la birra?»

«Il rum va bene, grazie. Ah, lui è Ciro,» disse indicando un ragazzo bassino fermo sulla porta con aria timida.

«Ciao Ciro, vieni a prendere un cicchetto anche tu. Luigi, Luigi, lo sai che io e Jacopo adesso viviamo insieme? Ci pensi a quante canzoni bellissime scriveremo? Siamo una coppia di rockstar maledette!» disse a volume esageratamente alto, prima di scoppiare a ridere di nuovo, aggrappata a Laura, ridente e barcollante come lei. «Oddio,» esclamò all'improvviso, come colpita da illuminazione. «Sapete che dobbiamo fare?»

«Che cosa?» chiesero Laura, Luigi e Ciro.

«Il bagno di mezzanotte!» urlò, e corse fuori togliendosi la maglietta. Gli altri la seguirono, a loro volta seguiti da Jacopo, perplesso come chi ha appena visto la fidanzata schizzargli davanti mezza nuda.

Laura si tuffò con l'amica, mentre Jacopo, Luigi e Ciro rimasero sulla riva a guardare le ragazze che saltavano e si spruzzavano a vicenda, pronti a chiamare un'ambulanza, visto il tasso alcolico delle due. Per fortuna nessuno finì in ospedale, Carla e Laura uscirono dall'acqua, tornarono in casa e senza asciugarsi si misero a ballare sui tavoli.

La festa finì intorno alle sei. Per ultimi rimasero tutti i The Pool, Luigi e Ciro, seduti sulla sabbia a guardare l'alba e a parlare dell'album in lavorazione. Carla non era mai stata tanto felice. Jacopo non era mai stato tanto felice e tanto spaventato dal futuro.

Estate 2000

The knot will never come undone
accidents show mercy none
there isn't anywhere to run
the masterpiece is done
the war has won

The La's – Freedom song

Continua il terremoto a Palazzo D'Angelo. Dopo l'assessore ai lavori pubblici Giovanni Romano, anche i consiglieri Filippo Carletti, Francesco Ciullo e Vincenzo Macchiarulli si sono dimessi, in polemica con il sindaco Gagliardi, responsabile di aver accolto nelle fila della coalizione i sette consiglieri dell'opposizione che lo scorso mese si erano allontanati dallo schieramento presieduto da Di Giorgio. Ieri, in conferenza stampa, Ciullo ha invocato le dimissioni del sindaco, mentre Macchiarulli si è detto fiducioso che il consiglio e la giunta continueranno ad agire per il bene della comunità, "anche se", ha aggiunto, "non ho mai creduto negli inciuci". Così, fra polemiche e cambi di fronte, l'estate politica parcopianese si fa sempre più calda.
(Parcopianooggi.it)

«Devo chiamare casa?» domandò Carla a Jacopo mentre uscivano dall'internet cafè. «Non lo so,» continuò, «mio padre è uno stronzo democristiano, ma quei sette erano peggio di lui. Non capisco proprio cosa possa essere successo. Lo chiamerei, se non altro per curiosità, ma... sai che ti dico? Già lo so che cosa mi dirà: che io non posso capire, che l'ho tradito come tutti gli altri, che il mondo sta diventando comunista e che ha paura e non vuole morire esiliato in Siberia. Andiamo a fare il soundcheck va, che è tardi.»

***

Qualche mese prima

Ferdinando Gagliardi, sindaco di Parcopiano, quarantun anni, incensurato, sedeva alla sua scrivania con lo sguardo perso nel vuoto. Davanti a lui aveva un foglio su cui aveva tracciato una riga verticale, le scritte PRO e CONTRO e una serie di spirali, griglie e fiorellini. Stava aspettando Federico Barone, amico dai tempi dell'università e consigliere di fiducia. Barone entrò con fare grave, chiuse accuratamente la porta, sedette di fronte all'amico con espressione concentrata, tirò fuori dal taschino interno della giacca tabacco, cartine e un pezzo di fumo, e rullò una canna con gesti rapidi e sapienti. Gagliardi alzò gli occhi al cielo.

«Federico, dobbiamo discutere una questione importante, è proprio necessario? Abbiamo un'età, che cazzo. E poi ci manca solo che i giornali scrivano che il sindaco e la giunta si drogano. Li leggi i giornali, sì?»

«Ogni tanto,» rispose Federico aspirando con fare solenne. «Ed è per questo che alla domanda che stai per farmi io risponderò Sì.»

«Sì?»

«Sì.»

Gagliardi rifletté. «Ci facciamo portare un caffè?» propose dopo qualche secondo.

«Non ce l'hai un whiskey?»

«Federì, questo è l'ufficio del sindaco di Parcopiano, mica lo studio ovale. Spegni quella cosa, faccio portare il caffè.»

Barone sbuffò, schiacciando la cicca nel posacenere. «Ok, adesso segui il ragionamento: la gente è scontenta di te e dell'amministrazione, giusto?»

«Oddio, la gente… mica tutti.»

«Va bene. I vecchi, i commercianti e gli ignoranti sono scontenti. Quindi quanto sarà, il novantasei per cento dei votanti? Vogliono mandare via i rumeni, vogliono i parcheggi in centro, vogliono il centro commerciale…»

«Il centro commerciale non si può fare, c'è…»

«C'è l'acqua sottoterra, ci stanno le cascate del Niagara là sotto, lo so. Lo sa anche la gente, ma la gente se ne frega.»

«Il parcheggio in centro l'abbiamo fatto.»

Federico scoppiò a ridere. «In centro? Lo chiami centro quello? Ci vogliono dieci minuti a piedi per arrivare sul corso, quindici per arrivare in Piazza dell'Abbazia, e la gente non vuole camminare dieci minuti per arrivare sul corso, perché deve risparmiare le energie per lo shopping. Se il parcheggio fosse al posto dell'Abbazia, invece, per arrivare sul corso ci vorrebbe un minuto e mezzo.»

«Oddio,» sospirò Gagliardi, «ma non potevo farla demolire, è un palazzo di interesse storico.»

«Opperfavore. Tutto si può fare. Ma dove sei cresciuto, a Stoccolma?»

«Vabbè, comunque l'Abbazia va alla grande. Ti ricordo che la settimana scorsa c'è stato Baricco.»
«E capirai. La mia risposta, comunque, è sì.»
«Sì?»
«Sì. Accogli i figlioli prodighi. Non lo diceva il tuo amico Gesù?»
«Io sono ateo.»
«Shhh, qui anche i muri hanno le orecchie, vorrai mica che domani il vescovo legga sui giornali che il sindaco si fa le canne ed è ateo? Comunque la risposta è sì.»
Gagliardi respirò profondamente, stracciò il foglio dei pro e contro e, rassegnato, convocò una conferenza stampa per l'indomani.

Terremoto a Palazzo D'Angelo. Il sindaco Gagliardi ha annunciato che accoglierà nel gruppo di maggioranza i cinque consiglieri, ex fedelissimi del capo dell'opposizione Giorgio Di Giorgio, che giorni fa hanno abbandonato il figlio dell'ex sindaco per il dissidio sorto in seguito alla ferma opposizione di quest'ultimo alla decisione di offrire il patrocinio del Comune al Festival del cinema gay che Parcopiano ospiterà fra qualche mese e che dovrebbe chiudersi con la sfilata del Gay Pride. Di Giorgio si era detto indignato dall'intento di dare vita a una manifestazione "che offende il pudore, il buon senso e i sani valori cristiani dei cittadini di Parcopiano". Secondo Variano, Pepe, Troisi, D'Ascenzo e Colonna, invece, il Festival e la parata del movimento omosessuale potrebbero elevare Parcopiano al rango di città europea, e dare un'ulteriore spinta al turismo che, già da qualche anno, rappresenta una voce importante nel bilancio cittadino. I toni della controversia sono stati talmente accesi da spingere i cinque ad abbandonare il loro leader. Stamattina l'annuncio in conferenza stampa del passaggio alla maggioranza di centrosinistra. "Crediamo", ha dichiarato il sindaco, "che non sia più l'epoca del bianco e nero, anzi del rosso e nero. È tempo di concordia e di politiche condivise, in nome del bene della città, una città che sta assumendo sempre più i caratteri di un cosmopolitismo che porta con sé progresso, tante cose buone e qualche problema. Problemi che, con una maggioranza ancora più solida, saremo in grado di risolvere con efficienza". Staremo a vedere. Intanto qualcuno, nella squadra di Gagliardi, non sembra entusiasta dei nuovi acquisti.
(Parcopiano Oggi)

***

Qualche settimana prima
«Preparati papà, a vedere tuo figlio con la fascia tricolore, perché ora so

che cosa devo fare. Oggi inizia la rinascita di Parcopiano. I Di Giorgio stanno tornando.»

Giorgio accolse i suoi fedeli al mobile bar. Offrì un aperitivo a base di falanghina e provola affumicata, poi Maria annunciò che la cena era pronta e, mentre i commensali prendevano posto, si scusò, disse di essere influenzata e si ritirò in camera da letto, dove trascorse la serata a piangere tentando invano di mettersi in contatto con Carla, chiedendosi dove aveva sbagliato, dove avevano sbagliato, lei e Giorgio. La sua unica figlia, la sua ragione di vita, se n'era andata via senza una parola, senza una spiegazione, e lei non sapeva dove fosse, e non l'avrebbe rivista mai più se non su qualche giornale, drogata e piena di tatuaggi e mezza nuda e sposata con un cantante drogato e pieno di tatuaggi, e di sinistra.

Nel frattempo, in sala da pranzo, fra una salsiccia e una melanzana grigliata, Giorgio Di Giorgio tesseva la trama della sua rinascita, e della rinascita di Parcopiano.

«E quindi,» spiegò ai perplessi compagni di partito, «quando vi chiederanno un'opinione in merito, voi dichiarerete che il Gay Pride darà lustro alla città e potrà rappresentare un ulteriore incentivo al turismo.»

«Ma io non lo voglio, quel raduno di ricchioni!» protestò Gianni Pepe.

«Lo so Gianni,» lo riprese Di Giorgio, paterno, «ma ricordati che qui stiamo facendo politica. Lo so che è dura mettere da parte gli ideali, ma qualche volta occorre farlo, per il bene superiore. Il bene del partito e della città. La dittatura, soprattutto quando è subdola, annebbia le coscienze, ma io so che le nebbie si stanno diradando. Io, che sono uomo del popolo, sono sceso in strada e ho ascoltato le persone. Le persone ne hanno abbastanza. Delle isole pedonali, dei parchi, dei festival della letteratura, dei cinesi e degli albanesi. Vogliono tornare a vivere nel modo in cui erano abituati. Vogliono parcheggiare in centro, vogliono la festa della braciola, vogliono il centro commerciale. Dobbiamo fare questo cazzo di centro commerciale. E il parcheggio!»

«Come parli bene, presidente!» esclamò Pepe, commosso.

Di Giorgio annuì fiero. «Allora, ragazzi, tutti in sella al cavallo di troia?»

Pepe, Variano, Troisi, D'Ascenzo e Colonna annuirono sollevando i calici.

«Prima voi cinque. Fra un paio di settimane si uniranno Di Biagio e Mastrangelo. Ai cavalli di Troia!» brindò solenne.

Novembre 2000

Percorrere Via dell'Abbazia e poi entrare nel posto da cui la strada prende il nome provoca nel neofita un piccolo choc geografico. Siamo ancora in Italia? Villette bifamiliari con le auto parcheggiate davanti alla saracinesca del garage, e poi l'Abbazia: l'aspetto esteriore è gotico, e all'interno la sala per i concerti è grezza e poco illuminata, le pareti di pietra sono adornate solo da qualche manifesto vintage e il bar è a dir poco spartano. Ma fa tutto parte del fascino di questo posto, in cui sembra che da un momento all'altro debbano apparire sul palco i Quarrymen. Non è immeritato, insomma, il soprannome di "Cavern del centro-sud Italia", così come non è immeritata la dicitura "Piccola Liverpool senza porto" con la quale Lorenzo Carreri ha ribattezzato Parcopiano, innalzandola agli onori delle cronache letterarie.
Beviamo una birra con Luigi Nocera, che fra qualche ora salirà sul palco per la data conclusiva di un tour che, se non fossimo una rivista sobria, potremmo definire trionfale. "Ho fatto parecchi sold-out, quindi sì, direi che il tour è andato bene", dice lui con quella nonchalance da neo-dandy che lo rende in pari misura amato e odiato. Anche il look è studiatamente incurante: baffo rigorosamente demodé, occhi bistrati, ciuffo brizzolato, completo elegante e smalto nero. Quello che colpisce di più, però, al di là dei travestimenti da glam rocker di provincia, è lo sguardo vivo, curioso e sincero. Quando ti guarda negli occhi non pensi più che sia tutta una posa. Lui è proprio così. "Una posa? A Sanremo sono arrivato ultimo, e ci ho messo dieci anni per raggiungere questo po' di successo, sempre vestendomi così, e cantando così, e muovendomi così. Se fosse stata una

posa calcolata, beh, sarebbe stata una strategia piuttosto scarsa, non credi?". Come dargli torto? Me l'immagino intanto, a passeggio per queste strade, quando non esistevano libri ambientati a Parcopiano, non esisteva l'Abbazia, non esisteva l'omosessualità. "Giuro, non esisteva. Semplicemente, era un'eventualità che non veniva presa in considerazione. Avevo quattordici o quindici anni quando mi sono reso conto di essere attratto dagli uomini, ma l'ho negato a me stesso fino a quando non sono andato a vivere a Milano. Lì ho scoperto che gli omosessuali non vivevano davvero in un mondo a parte fatto di perversione, perdizione, orge, droga e dissolutezza. Ho fatto pace con me stesso, e a un certo punto mi sono sentito pronto a tornare a Parcopiano e a vivere lì seguendo la mia identità. Per fortuna, insieme alla mia consapevolezza, cresceva anche quella della città. Ma è stata dura". Ne parla in una canzone contenuta nell'ultimo album, la splendida e delicata 'Io e te'. "Io e te è stata una delle prime canzoni che ho scritto quando mi sono messo a lavorare a 'Mantra', è venuta fuori veramente in cinque minuti. Come se ce l'avessi avuta in testa per una vita. Probabilmente è così. Anche 'Pioggia d'estate' è nata così, in pochi minuti, ma in generale tutto l'album è venuto fuori in modo molto spontaneo, e credo che questa cosa si percepisca. E mi piace molto, infatti ho voluto lasciare i brani scarni, poco arrangiati, volevo che avessero un suono intimo, casalingo, che si percepisse questa naturalezza. E per il live ho fatto lo stesso tipo di scelta: io, la mia chitarra, una batteria e un contrabbasso. Non credo che sia una cosa snob, o noiosa, come ha detto qualcuno, credo che sia semplicemente l'intenzione di creare qualcosa di caldo, qualcosa di bello e semplice, da ascoltare in silenzio. Il pubblico l'ha capito, e infatti la tournée, come dicevo prima, è andata benissimo". Nocera si interrompe per far cenno a qualcuno di avvicinarsi al nostro tavolo. Jacopo Ippoliti e Igor Guidelli, rispettivamente cantante e batterista dei The Pool, si uniscono a noi. Questa giovanissima band è la prima scoperta del Nocera produttore. Una bella scoperta. Il loro album d'esordio, che unisce con disinvoltura beat, brit-pop ed elettronica, riuscendo nell'originale quanto non facile impresa di far suonare in armonia e leggerezza due bassi, è stato ben accolto da critica e pubblico. Il gruppo ha aperto tutte le date estive di Nocera, dimostrando scioltezza e bravura anche dal vivo. "È stata un'esperienza fenomenale", dice Jacopo entusiasta. "Invece delle vacanze, abbiamo fatto concerti da tutto esaurito, chi c'avrebbe creduto se ce l'avessero detto un anno fa?". Nocera annuisce con orgoglio quasi paterno. L'idilliaca scena viene interrotta dal tecnico del suono. È l'ora del soundcheck. Mi permettono di assistere, ma declino l'invito. Intanto che sono qua, vado a fare una passeggiata per la piccola Liverpool, e torno per il concerto. Sold-out anche qui, a smentire il detto "Nemo

profeta in patria", e pubblico partecipe, per uno spettacolo caldo e coinvolgente. Aveva ragione lui, non c'è nessuno snobismo, solo tanta ispirazione, una voce eccezionale e canzoni di limpida bellezza. Gran finale con i The Pool sul palco per una versione personalissima di 'Come Together' dei Beatles. Il pubblico canta all'unisono, e tu pensi che per una volta non hai bisogno di sognare l'Inghilterra: ci sei già, nella tua piccola Liverpool.
(Rockstar, dicembre 2000)

***

Lunedì
Geremia uscì di casa alle otto e trenta. Salutò la signora Baratti che portava fuori il cane, si fermò a prendere caffè e cornetto al bar di Ciro e andò ad aprire il negozio. Alle tredici e un quarto uscì, prese un calzone prosciutto e mozzarella alla pizzetteria Pizzapazza, andò a mangiarlo su una panchina del terminal, fumò una sigaretta e tornò in negozio. Alle venti uscì, tornò a casa, fece la doccia, cenò con i genitori, quando Paolo citofonò scese, andò a prendere una birra al pub Chelsea, alle ventidue e trenta tornò a casa, alle ventitré si mise a letto, alle ventitré e trenta si addormentò.

Martedì
Geremia uscì di casa alle otto e trenta. Salutò la signora Baratti che portava fuori il cane, si fermò a prendere caffè e cornetto al bar di Ciro e andò ad aprire il negozio. Alle tredici e un quarto uscì, prese un calzone prosciutto e mozzarella alla pizzetteria Pizzapazza, andò a mangiarlo su una panchina del terminal, fumò una sigaretta e tornò in negozio. Alle venti uscì, tornò a casa, fece la doccia, cenò con i genitori, quando Paolo citofonò scese, andò a prendere una birra al pub Chelsea, alle ventidue e trenta tornò a casa, alle ventitré si mise a letto, alle ventitré e trenta si addormentò.

Mercoledì
Geremia uscì di casa alle otto e trenta. Salutò la signora Baratti che portava fuori il cane, si fermò a prendere caffè e cornetto al bar di Ciro e andò ad aprire il negozio. Alle tredici e un quarto uscì, prese un calzone prosciutto e mozzarella alla pizzetteria Pizzapazza, andò a mangiarlo su una panchina del terminal, fumò una sigaretta e tornò in negozio. Alle venti uscì, tornò a casa, fece la doccia, cenò con i genitori, quando Paolo citofonò scese, andò a prendere una birra al pub Chelsea, alle ventidue e trenta tornò a casa, alle ventitré si mise a letto, alle ventitré e trenta si addormentò.

Giovedì

63

Geremia uscì di casa alle otto e trenta. Salutò la signora Baratti che portava fuori il cane, si fermò a prendere caffè e cornetto al bar di Ciro e andò ad aprire il negozio. Alle tredici e un quarto uscì, prese un calzone prosciutto e mozzarella alla pizzetteria Pizzapazza, andò a mangiarlo su una panchina del terminal, fumò una sigaretta e tornò in negozio. Alle venti uscì, tornò a casa, fece la doccia, cenò con i genitori, quando Paolo citofonò scese, lo salutò con un grugnito e lo seguì all'Abbazia.

«Senti, io mi rivendo il biglietto, non ho voglia per niente. Torno a casa, mi guardo una videocassetta dei Pink Floyd e vado a letto.»

«Dai, che palle, non è che muori se una sera fai qualcosa di diverso.»

«Ma che c'entra, è che a me Luigi Nocera, proprio…»

«Guarda che ha fatto un discone.»

«Ma finiscila. Io me lo ricordo a scuola, era un coglione. Mo fa l'artista, fa. Ma vaffanculo.»

«Madonna che palle. Entriamo, che Valentina e Franco hanno detto che ci aspettavano dentro. Dai che voglio sentire anche i The Pool, che suonano prima.»

«Capirai, bravi quelli. Mamma mia, che decadenza.»

Naturalmente all'Abbazia c'era meno gente rispetto al concerto di Capodanno, ma Jacopo era ugualmente agitato. Suonare a Parcopiano gli metteva sempre addosso una forma estrema di ansia da prestazione.

Vedendolo smaniare e fumare una sigaretta dietro l'altra, accendendone una con la cicca della precedente, Nocera lo invitò a unirsi a lui per un cicchetto al bar.

«Ma a te non stressa da morire suonare a Parcopiano?» gli chiese Jacopo dopo aver ingurgitato il suo rum e pera.

«Ci sono cose che mi stressano di più,» disse Nocera scrollando le spalle.

«Ma suonare davanti a sconosciuti è più facile, no?» insistette Jacopo. «Qui ci sono parenti e amici. E nemici.»

«Appunto. Qui tutti quanti, amici compresi, non credere, non aspettano altro che un tuo fallimento. Che pensi, che tutta questa gente sia qui perché gli piace la mia musica, o la vostra? Magari gli piace anche, ma non è per questo che sono venuti, no, sono venuti per vederci stonare e cadere dal palco. Nessuno perdona il successo a un concittadino, segnati questa frase e non te la dimenticare mai.»

Jacopo non rispose. Se quel discorso aveva lo scopo di farlo sentire meno nervoso, aveva fallito miseramente. Doveva prenderla come una sfida? Del genere "Volete vedermi stonare? E io vi faccio una performance da far invidia a Freddie Mercury"? Lui non era il tipo. Avrebbe funzionato con Carla forse, era lei la battagliera, ma lui non faceva musica per prendersi qualche rivincita, la faceva per stare bene. Buttò giù un altro rum e pera e raggiunse Carla, Igor, Ivan e Sandro.

Il concerto andò liscio, lui non stonò, nessuno sbagliò gli accordi, nessuno cadde dal palco, il pubblicò sembrò divertirsi e apprezzare sul serio sia la loro performance che quella di Nocera. Jacopo pensò che la visione di Luigi fosse troppo cinica e negativa, probabilmente alimentata dai suoi traumi di adolescente problematico e omosessuale, e sperò di non perdere mai la fiducia nella gente e nella sua città, che quella sera gli appariva tanto viva e bella. Com'era ormai tradizione, i The Pool tornarono sul palco alla fine del concerto di Nocera per eseguire insieme *Come Together*. «Che versione stucchevole, finta, orrenda, John Lennon si starà rivoltando nella tomba. A proposito, ti ho raccontato di quella volta che l'ho visto dal vivo a New York?» commentò Geremia. All'una e trenta tornò a casa, alle due si mise a letto, alle due e un quarto si addormentò, nervoso perché non avrebbe dormito le sue consuete nove ore.

Venerdì
Geremia uscì di casa alle otto e trenta. Salutò la signora Baratti che portava fuori il cane, si fermò a prendere caffè e cornetto al bar di Ciro e andò ad aprire il negozio. Alle tredici e un quarto uscì, prese un calzone prosciutto e mozzarella alla pizzetteria Pizzapazza, andò a mangiarlo su una panchina del terminal, fumò una sigaretta e tornò in negozio. Alle venti uscì, tornò a casa, fece la doccia, cenò con i genitori, quando Paolo citofonò scese, andò a prendere una birra al pub Chelsea, alle ventidue e trenta tornò a casa, alle ventitré si mise a letto, alle ventitré e trenta si addormentò.

Maggio 2001

QUI NON SI VENDONO DISCHI DI MADONNA, RAFFAELLA CARRÀ E RETTORE.
«Hai dimenticato Mina,» osservò Jacopo entrando nel negozio.
«È sottinteso,» ribatté Geremia. «I gay sono persone intelligenti, capiranno.»
«Sono anche ben vestiti, simpatici e sensibili? Però non li vuoi nel tuo negozio.»
«Aspetta. Sia ben chiaro che io ho amici gay e non ho niente contro i gay. Però è innegabile: hanno un pessimo gusto musicale. E, soprattutto, non voglio folle di sconosciuti, qua dentro.»
«Eh certo, non sia mai dovessi fare troppi affari,» commentò Jacopo scuotendo la testa rassegnato, prima di mettersi a disporre i nuovi arrivi sugli scaffali. Lavorava da Revolver da qualche mese – l'album e il tour erano andati bene, ma non così tanto da trasformarsi in una fonte di reddito sufficiente a pagare l'affitto del bilocale in cui ora viveva con Carla. I suoi genitori contribuivano alle spese e a mantenere il frigo ben fornito, ma lui non voleva vivere totalmente sulle loro spalle, così aveva trovato un lavoro che gli piaceva e che lo impegnava solo per un paio d'ore il pomeriggio, lasciandogli il tempo di studiare per la maturità che incombeva. Geremia gli piaceva un po' meno del lavoro, soprattutto perché non faceva mistero

della scarsa stima che nutriva nei confronti della musica del suo nuovo dipendente, e di tutta la musica prodotta dopo il 1976 in generale. Però aveva conosciuto Carla grazie a lui, e perciò gli voleva bene.

«Posso almeno appendere la locandina del concerto?» chiese dopo qualche minuto di silenzio riempito dal CD dei King Crimson infilato nello stereo da Geremia.

«Quale concerto?»

«Quello di chiusura del Pride. Ci siamo noi, c'è Luigi, e poi Carmen Consoli, Max Gazzè e i Marlene Kuntz.»

«Che culo.»

«Che palle. Mica ti ho invitato.»

«E meno male.»

«La posso appendere, 'sta locandina o no?»

«Sì, sì. Ci mancava il primo maggio dei poveri. Se penso a quella volta che ho visto i King Crimson a Boston… quelli erano concerti. Poveri voi.»

Anche Carla stava affiggendo la locandina nel suo posto di lavoro: il bar dell'Abbazia. Anche a Carla piaceva il suo lavoro, aveva scoperto di saper fare ottimi cocktail, e si dilettava a inventarne e a personalizzare i classici: la sua caipiroska allo zenzero e violetta aveva riscosso un successone. Qualche volta lasciava il bancone e si esibiva come dj. Si divertiva tanto che non le pareva di star lavorando. Però temeva che non sarebbe durata a lungo. Il motivo della sua paura erano gli spropositati aumenti di affitto con cui il Comune vessava le associazioni che gestivano il cinema, la scuola di scrittura, la galleria d'arte, la sala di registrazione e, appunto, il bar e lo spazio concerti. Romeo, il gestore del bar, era abbastanza naif da credere alla versione ufficiale, secondo cui i continui rincari erano dovuti alla volontà del Comune di aumentare il budget da destinare a iniziative culturali. Carla, invece, aveva vissuto abbastanza a lungo con un politico – e l'aveva sentito parlare troppe volte di un certo parcheggio – da sospettare che ci fosse dell'altro. Come se non bastasse, la clientela diminuiva a vista d'occhio da quando il punto vendita di una famosa catena di megastore di libri e dischi si era ampliato, dotandosi di bar e spazio per showcase e presentazioni di libri. Come se neanche questo fosse sufficiente, il locale usato per l'ampliamento era una proprietà della famiglia Di Giorgio, ed era stato affittato alla S.p.a. proprietaria del megastore a un prezzo di favore.

Una sera, Carla aveva parlato a Jacopo delle sue preoccupazioni. Lui aveva detto che, se le cose si fossero messe male da Revolver e all'Abbazia, avrebbero potuto trovare lavoro nel megastore. Lei si era infuriata. Andare a lavorare per il nemico? Quel mostro stava uccidendo tutto quello che era importante per loro. L'Abbazia, Revolver erano posti importanti per la città, e per loro. Grazie all'annuncio sulla bacheca di Revolver si erano formati i The Pool, all'Abbazia avevano provato, scazzato, bevuto, si erano innamorati, avevano fatto il loro concerto più importante… «E a te non te ne frega niente? Arrivano, distruggono tutto e tu ci vuoi andare a lavorare? Bravo, e poi fai il comunista, bella coerenza!»

«Veramente quella che fa la comunista sei tu. Comunque non ti agitare, facevo per dire.»

«Che significa "per dire"? Tu non dici mai le cose "per dire", ti prepari il discorso in testa pure quando devi annunciare che vai al cesso, quindi non dire stronzate, non l'hai detto per dire, tu ci andresti veramente a lavorare in quel posto di merda, a vendere i dischi di Michele Zarrillo.»

«Va bene, dai, forse ci andrei, sarebbe un lavoro come un altro, scusami se non sono Che Guevara e non sono pronto a morire per gli ideali come te, va bene? Adesso scusami ma devo studiare, perché io…» Si era bloccato. Stava per dire una cosa di cui si sarebbe sicuramente pentito. Aveva chiuso il libro di scatto e si era alzato. «No anzi, vado dai gemelli, devo portargli una cosa, ciao.»

"Devo studiare, perché io all'esame non sarò promosso con cento centesimi solo grazie al mio famoso e potente padre" era quello che avrebbe detto se, e per una volta lo ringraziò, non fosse intervenuto il suo solito inibitore mentale. Sarebbe stato davvero troppo cattivo. Però, in un angolino del cervello, persisteva la vecchia immagine di Carla: quella della ricca viziata figlia di papà che giocava a fare la rivoluzionaria. Qualche volta l'immagine tornava fuori, soprattutto prima che lei trovasse il lavoro all'Abbazia, quando Jacopo andava a pagare le bollette coi soldi che gli davano i suoi, chiedendosi perché lui dovesse ingoiare l'orgoglio mentre lei teneva il muso e non chiedeva niente al padre, che avrebbe potuto anche comprargliela, una casa. Una villa. E poi immediatamente si sentiva una merda a pensare queste cose. Era lui il ragazzino viziato che faceva l'autonomo coi soldi dei genitori, non lei che aveva avuto il coraggio di tagliare sul serio con una famiglia che di certo non si era scelta. Quando era arrivato sotto casa di Ivan e Igor non aveva suonato il citofono, ma si era girato e aveva ripreso la strada di casa. Voleva chiedere scusa a Carla, e farlo subito. Aveva ragione lei, non avrebbe dovuto nemmeno considerare l'idea di andare a lavorare per quell'orrore in cui vendere dischi e libri non era diverso dal vendere ferramenta. E poi in fondo la questione, pensò, era sterile, perché presto avrebbero cominciato a registrare il nuovo album, e avrebbero avuto successo, e non avrebbero più dovuto lavorare, né da Revolver, né all'Abbazia né in nessun altro posto. E sarebbero andati via da Parcopiano. Questo era un pensiero nuovo per lui, ma si faceva sempre più insistente. Lui non era come Carla, non era un tipo che "sente le energie", però forse era qualcosa che stava imparando stando con lei, oppure era venuto fuori e basta, qualunque fosse l'origine di quello che sentiva, quello che sentiva non era positivo. Non avrebbe saputo spiegare precisamente il motivo, ma gli sembrava ogni giorno di meno di "avere diciott'anni a Seattle nel '91, di essere adolescente a Londra nel '77, di ballare all'Hacienda di Manchester…". Forse la giovinezza di Parcopiano stava finendo. Aveva parlato tante volte di questa cosa, nelle sue finte interviste, ma non si era mai chiesto come e perché le città invecchiassero. Se lo chiedeva adesso, mentre passava davanti all'Abbazia e improvvisamente notava le crepe sulla facciata.

***

Nonostante le avverse condizioni meteo – a Parcopiano la primavera iniziava a giugno – il corteo sfilò secondo i piani, partendo da Piazza Umberto I, attraversando Corso Vittorio Emanuele, Via Mazzini, Via dell'Abbazia, e fermandosi in Piazza dell'Abbazia, che per tutto il pomeriggio si trasformò in una discoteca all'aperto.
Un gruppo di contestatori vestiti a lutto, guidato da Giorgio Di Giorgio e dal vescovo, sfilò in silenzio e si fermò ai margini della piazza, dietro striscioni che recitavano Oggi a Parcopiano muore la famiglia cristiana e Parcopiano come Sodoma? No grazie!
«Giorgio, ma quella non è tua figlia?,» chiese a un certo punto il vescovo.
Di Giorgio guardò verso il punto indicato dall'amico religioso e vide Carla su un carro, in boa di struzzo, che si dimenava sulle note di Spinning Around di Kylie Minogue. Iniziò a sudare freddo e scosse vigorosamente la testa, accennando una risata incredula. «Oddio, come ti viene in mente? Carla è a casa con l'influenza, te l'ho detto, e quando l'ho lasciata ha detto che avrebbe pregato per noi e per queste povere anime perdute. Vero Maria?»
Maria si sforzò di sorridere e annuì. «Povera Carlettina, avrebbe tanto voluto essere qui con noi,» aggiunse contrita.
Il vescovo sospirò di sollievo e lanciò un altro sguardo alla ragazza sul carro. «Povera ragazza,» disse a testa bassa, «e poveri genitori. Preghiamo per lei e per la sua famiglia, e per tutte queste anime smarrite. Dio è grande, Dio li perdonerà se si pentiranno, e ritroveranno la retta via. Vi ricordate di Salvatore Sanna?»
«Chi, il giornalista di Parcopiano Oggi?»
«Proprio lui. Ha seguito una terapia, ha pregato tanto, ha reso la sua vita al Signore, è venuto a confessarsi ogni giorno per tutta la durata del processo di guarigione. Adesso è sposato e sua moglie aspetta un bambino. Sono queste storie a lieto fine che danno un senso alla nostra lotta per salvare la famiglia dai pericoli di questo mondo perverso.»
«Certo. È una storia meravigliosa da cui tutti possiamo trarre preziosi insegnamenti,» concordò Di Giorgio con gli occhi fissi su Carla.

69

Alle nove iniziò il concerto. I primi a esibirsi furono i Norwegian Wood, una pessima cover band dei Beatles che partecipava solo perché il chitarrista era il presidente della neonata Arcigay di Parcopiano. Dopo di loro c'erano i The Pool.

Il primo vaffanculo arrivò mentre i cinque imbracciavano gli strumenti. Nessuno lo sentì. Iniziarono con Black Sky, una canzone nuova che Jacopo aveva insistito per testare in questa occasione. La maggior parte del pubblico parve apprezzarla, ma uno spettatore delle prime file continuava a urlare insulti. A Carla arrivò qualcosa addosso. Pensando che fosse un regalo, tipo un ciondolo o una spilla, cercò a terra sorridendo, ma trovò solo una moneta da duecento lire. Perplessa, continuò a suonare, fino a quando un'altra moneta la colpì in piena fronte. Stavolta anche Igor e Jacopo si accorsero che qualcosa non andava. Altri spettatori nel frattempo avevano sgomitato fino a raggiungere la prima fila e si erano uniti al ragazzo delle parolacce. Il gruppo contava adesso una quindicina di persone, che fischiavano e urlavano improperi, per lo più di genere femminile. Carla si rese conto che guardavano quasi solo lei e lesse nei labiali un paio di "puttana" e un "troia". Jacopo la guardò con espressione interrogativa e lei ricambiò lo sguardo, confusa. A un certo punto, due ragazzi del gruppetto sostituirono le allusioni a una presunta disinvolta vita sessuale di Carla con il termine "fascista", e lo ripeterono due o tre volte. Jacopo smise di cantare.

«Che avete detto?» urlò.

«Fascisti! Merde!» continuarono i due, spalleggiati dal resto del gruppo. Gli spettatori più vicini ai contestatori iniziarono a spostarsi, mentre gli altri non capivano cosa stesse succedendo.

«A chi avete detto fascisti, eh stronzi?»

Igor e Carla raggiunsero Jacopo per calmarlo, ma i ragazzi sotto il palco continuavano a urlare: «Fascisti! Quella puttana è la figlia di un fascista! Che ci fate qua? Democristiani di merda!»

Uno lanciò un'altra moneta e Jacopo, per tutta risposta, saltò giù dal palco e gli tirò un pugno sul naso (Speriamo che mi stiano riprendendo o fotografando, pensava nel frattempo, una cosa da raccontare nelle interviste, finalmente). «Come cazzo ti permetti?» gridava continuando a colpire a caso, «Che cazzo dici? Fascista a chi? Cosa cazzo ne sai tu di Carla?»

Qualcuno rispose all'attacco e Jacopo si ritrovò a terra mentre Igor, Ivan e Sandro arrivavano a dargli manforte. Carla assisteva alla rissa senza sapere cosa fare. Provò a separare Jacopo dal tipo con cui se le stava dando, ma quello la spintonò e lei sbatté piuttosto rovinosamente contro il palco. Infine il tecnico del suono, Luigi, Max Gazzè e sei spettatori riuscirono a separare i litiganti e a riportare una parvenza di calma prima che i poliziotti presenti, impegnati a controllare le licenze dei venditori ambulanti e a gustare i panini di Gino il porchettaro, avessero il tempo di intervenire. Jacopo continuava a imprecare – anche perché la mano gli faceva un male boia. Quella sera aveva scoperto che fare a pugni era molto più doloroso che suonare la chitarra – Carla lo accarezzava per calmarlo, Igor, Ivan e Sandro guardavano in cagnesco i facinorosi mentre venivano fatti allontanare dalla piazza. Uno di loro si divincolò, tornò indietro e sputò addosso a Ivan, poi raggiunse gli altri senza smettere di urlare: «Fascisti!». Il concerto riprese con i Marlene Kuntz, il pubblico tornò ad avvicinarsi al palco e nessuno pensò più all'incidente per il resto della serata. Nessuno tranne i The Pool.

***

Il giorno dopo, tirava una brutta aria. Ivan arrivò in studio brandendo furioso una copia di Parcopiano Oggi. Senza nemmeno salutare gli altri, sbatté il giornale sul tavolo e si mise a leggere ad alta voce: «Secondo le prime testimonianze, un gruppo di giovani dei centri sociali, incappucciati e armati avrebbero aggredito, prima verbalmente e poi fisicamente, i componenti del gruppo.»
Jacopo scoppiò a ridere. «E dove sarebbero i centri sociali, a Parcopiano?» commentò. «E gli incappucciati?»
«Io non ci trovo niente da ridere,» si infuriò Ivan, «stamattina mia madre ha detto che la prossima volta vota Di Giorgio, che questa città sta diventando un bordello e che ha ragione il vescovo. Senti qua,» cercò un punto dell'articolo e lo lesse tenendo il segno col dito. «La nostra città è stata venduta al vizio, i giovani sono sbandati, non hanno punti di riferimento, preferiscono stordirsi con la musica rock invece di incontrare il Signore nelle nostre chiese, le processioni sono state sostituite da raduni di malati e depravati...»
Jacopo lo interruppe: «Scusa, ma da quando ti frega di quello che dicono tua madre, il vescovo, e questi pseudogiornalisti? Non so se ti rendi conto di che figata è successa ieri. Abbiamo avuto la nostra Altamont!»
«Altamont un cazzo. Sei deficiente, Jacopo? Come fai a non capire? Prima di tutto, hai ragione, non me n'è mai fregato un cazzo di quello che dice mia madre. Però, mia madre è una che a cinquant'anni si fa le canne e si legge il manifesto e, non so se hai presente, è la cugina di Gagliardi. Se arriva lei a dire che vuole votare Di Giorgio, forse, dico forse, c'è qualcosa che non va. E poi io la mattina faccio colazione al bar, e la sento, la gente che parla. E poi, non lo capisci che per colpa sua,» indicò Carla, «ci hanno presi per dei fighetti che fanno finta di essere di sinistra? Che cazzo, io l'avevo detto subito che non dovevamo farla entrare nel gruppo.»

71

«Oh, ma che cazzo dici, stronzo?» intervenne Carla. «A parte che prima non lo sapevano, chi ero? Poi, se non era per la mia idea dei due bassi e del look coordinato...»

«Il look coordinato?» la interruppe Ivan. «Che, siamo le Spice Girls? Cristo!»

«Se non era per la mia idea dei due bassi,» continuò Carla alzando la voce, «adesso sareste stati un gruppetto del cazzo qualsiasi e non vi avrebbe cagato nessuno. Secondo, io sono più di sinistra di te e di tutti quanti voi messi insieme. Dì, sei mai venuto a una manifestazione delle mille che io ho organizzato? No, facevi sciopero per andarti a fare le canne sotto lo stadio, e adesso fai quello di sinistra? Ma vattene! E nel caso non te ne fossi accorto, non sento mio padre da un anno. Terzo, ieri stavamo a suonare al Gay Pride, e non mi risulta che sia una cosa da fascisti. Quarto, hai presente chi era che ci lanciava le monete ieri? I Piazza Rossa! Quel gruppo di sfigati che rosicavano perché non hanno chiamato loro a suonare, perché fanno musica di merda che manco ai cortei di Lotta continua! Dobbiamo preoccuparci dei Piazza Rossa? E per finire, noi mica siamo i Piazza Rossa, o i Modena City Ramblers, noi facciamo rock e basta, chi se ne frega di quello che pensa la gente, se pensa che siamo di destra, sinistra, sopra o sotto?»

«E che c'entra questo?» intervenne Igor. «Che, il rock non può essere politico? E i Clash? E...»

Jacopo lo interruppe: «Ma che minchia c'entrano i Clash? Stiamo parlando di noi, e noi non siamo un gruppo politico, e poi veramente, chi se ne frega di quei quattro stronzi ubriachi che volevano solo rompere le palle.»

«Ma non hai capito, non erano solo quei quattro deficienti! Senti, io non avrei voluto arrivare a questo punto, ma lo devo dire: secondo me Carla se ne deve andare, prima che il padre diventa sindaco e ci sputtaniamo definitivamente la reputazione.»

Carla spalancò la bocca in modo teatrale. «Non ci posso credere, stai parlando sul serio? Io vi rovinerei la reputazione? Allora, visto che stiamo cadendo così nello squallido, parliamo di tutti i soldi che avete voi? Qua dentro siete quelli più ricchi, qualcuno vi ha mai dato degli ipocriti o dei fascisti per questo?»

«Ma noi non abbiamo il padre democristiano.»

«Ma io non sono mio padre!»

«Ma la gente non lo sa!»

«La gente? Credevo fossimo amici! Ti interessa solo quello che dice la gente? Allora sei peggio di mio padre!»

«Tuo padre ieri stava insieme al vescovo a reggere quegli striscioni da nazisti.»

«E che, c'ero anche io? Dove stavo, io?»

«Intanto, per colpa tua non abbiamo potuto finire il concerto.»

«Colpa sua? Colpa sua?» la difese Jacopo. «Fino a prova contraria siamo stati noi quattro a scendere per fermare quegli stronzi.»

«No, veramente sei stato tu, noi siamo scesi dopo, per non farti ammazzare.»

«Ah, grazie, sono commosso.»

Sandro si mise in mezzo. «Oh sentite, smettetela un attimo, possiamo parlare come persone civili? Se posso dire la mia, io penso... mi dispiace molto dirlo, ma penso che Ivan abbia ragione. Purtroppo le tue parentele ci stanno rovinando l'immagine.»

«Mi state cacciando?» chiese Carla trattenendo a stento le lacrime.

Nessuno rispose. Lei guardò prima Ivan, poi Igor, infine Sandro, tutti e tre con gli occhi bassi. Rabbiosi, addolorati o imbarazzati.

«Mi state cacciando,» ribadì. «Va bene, sapete che vi dico? Andatevene affanculo, io in un gruppo di giuda, merde traditrici non ci voglio stare. E mo chi cazzo è che rompe i coglioni?» urlò prendendo il telefonino che si era messo a squillare. Il display mostrava un numero sconosciuto. «Pronto?» sbraitò. «E tu che vuoi adesso? Ah. Quando? Ma come? Va bene. Sì, ho detto che va bene. Arrivo.» Chiuse il telefono. «Andate a fare in culo tutti quanti,» disse uscendo dallo studio.

«I The Pool sono finiti, complimenti. Stronzi,» disse Jacopo seguendola. La trovò fuori, appoggiata al muro, che si asciugava le lacrime. «Dai amore, sono solo tre cretini. Vieni, andiamo a casa. Non piangere.»

«No. Devo andare a casa dei miei. È... prima, al telefono, era mia madre. Mio nonno è morto.»

20 maggio 2001

La prima persona ad avvicinarsi a Carla per farle le condoglianze fu la professoressa Perrella. «Tuo nonno era un grand'uomo,» disse fra le lacrime, «ha fatto così tanto per tutti noi! È una perdita enorme, enorme. Cara, cara, ti sono vicina. Tutti ti siamo vicini. Se hai bisogno, per qualsiasi cosa...»
Carla annuì, consapevole di essersi appena guadagnata il diritto ufficiale a non aprire più libro e il 100 politico alla maturità. Non che gliene importasse qualcosa. Voleva solo scappare, ma la fila di facce conosciute e sconosciute che venivano a baciarla sulle guance mostrandosi profondamente contriti sembrava infinita. Certo non era stupita che ci fosse tutta la città a rendere omaggio all'illustrissimo Giovanni Di Giorgio, colui che, come imprenditore e come sindaco, aveva dato lavoro a più di due generazioni di parcopianesi, che come presidente del Parcopiano Calcio, oltre che di un quotidiano, aveva condotto per due volte la squadra a un soffio dalla serie A – Giovanni non aveva mai perdonato al primogenito Giorgio il disinteresse per il calcio, e al secondogenito Giacomo l'inettitudine imprenditoriale che aveva portato al fallimento della squadra. Poco versato anche nella politica, il povero Giacomo era riuscito solo, e per merito di certe telefonate fatte dall'impietosito padre, a

farsi eleggere una volta al Parlamento europeo e una alla Provincia. Le aspettative del vecchio Di Giorgio erano riversate tutte su Giorgio, ma erano state soddisfatte solo in parte: le aziende restavano floride, ma il Comune era finito in mano ai rossi, e i rapporti tra padre e figlio si erano definitivamente logorati. Giorgio, in piedi davanti alla bara fra Maria e Carla, non smetteva di piangere, mentre abbracciava stretto tutti quelli che sfilavano per le condoglianze. Carla voleva solo scappare. Per allontanarsi dall'imbarazzo e dalla pena che provava a stargli accanto, e ancora di più per allontanarsi dal senso di colpa: stava lì, a un passo dalla bara del nonno, e quasi non sentiva dolore, riusciva a pensare solo alla fine dei The Pool. «Aspettami fuori,» sussurrò ad Andrea quando fu il suo turno di baciarla sulle guance con espressione di circostanza. Poi sussurrò la stessa cosa a Laura.
Quando finalmente, dopo quasi un'ora, la chiesa si fu svuotata, approfittò del fatto che i genitori stessero parlando con il vescovo e uscì senza salutarli. Si sentiva uno schifo, ma non avrebbe sopportato che Giorgio la abbracciasse gemendo, come il giorno prima: «Mi sei rimasta solo tu. Figlia mia, figlia mia. Mi sei rimasta solo tu. Non mi lasciare, figlia mia, mi sei rimasta solo tu».

Per Laura e Andrea, Carla non era "la figlia di Di Giorgio". Per questo adesso aveva bisogno di stare con loro. Per questo aveva chiesto a Jacopo di non esserci al funerale. A lui aveva detto che era meglio che i suoi non lo vedessero, ma la verità era che aveva bisogno di stare con qualcuno che la conosceva da sempre. Qualcuno che avrebbe potuto capire quello che aveva significato l'aggressione del giorno prima da parte di Ivan e gli altri, qualcuno che era con lei quando sua madre andava a parlare con la maestra e tornava a casa con un cesto di generi alimentari, ringraziamento per aver fatto avere al figlio un posto fisso come usciere. Qualcuno che era lì quando Giorgio parlava in TV e lei si sentiva morire dalla vergogna sentendo quell'accento pesante e quella sintassi approssimativa. Qualcuno a cui aveva telefonato piangendo quando padre e nonno le avevano comunicato fieri di aver aperto un conto per lei a cui avrebbe potuto attingere quando sarebbe andata all'università, ma solo se avesse fatto scienze politiche o economia, o quando era stata eletta rappresentante d'istituto e lui aveva commentato: «Hanno votato una femmina? Eri l'unica candidata?». Qualcuno che sapeva che quelle lacrime non erano il capriccio della ragazza ricca che vuole fare la ribelle, ma il desiderio e il bisogno di essere ascoltata, amata e accettata dal padre qualunque scelta avesse fatto, e la paura che non sarebbe mai stato così. Per questo aveva voluto stare con Laura e Andrea, farsi consolare, bere tanta birra e ridere ricordando la festa di quando aveva compiuto otto anni e il nonno le aveva regalato un completo da calcio del Parcopiano con tanto di scarpette chiodate, per questo si era fatta accompagnare a casa da Andrea e sotto il portone l'aveva baciato.

***

Quel pomeriggio Jacopo era rimasto a casa. Non doveva andare da Revolver, così aveva deciso di studiare per almeno quattro ore filate. L'esame era vicino, quell'anno decisamente non era stato il più brillante della sua carriera scolastica, e adesso rischiava di ritrovarsi senza band, con un voto di merda e senza prospettive. I buoni propositi vennero spazzati via dopo un quarto d'ora da un mix di ansia, rabbia, tristezza, odio per se stesso, per Carla, per Ivan, Igor e Sandro, per i Piazza Rossa e i loro amici, senso di catastrofe e di fine di tutti i sogni e le speranze di avere una lunga e proficua carriera coi The Pool, visioni di un futuro grigio e sempre uguale, giorno dopo giorno dopo giorno dopo giorno, una vita da commesso o da professore di italiano delle medie. Si sdraiò sul divano per cercare di calmarsi con una canna, una bottiglia di rum e Yoda. Il pupazzo di Yoda l'avevano portato in ospedale Ivan e Igor quando era in coma e nessuno pensava che si sarebbe svegliato. All'epoca lo prendevano sempre in giro per la sua fissa per Star Wars e, nel loro tipico stile, avevano continuato a farlo anche in quel momento, mettendogli sul comodino il mostriciattolo con un bigliettino che diceva "Usa la Forza, Jacopo!". Quando l'aveva visto aveva riso, mentre i gemelli, quando li aveva ringraziati per il pensiero, avevano pianto come bambini. Poi avevano ricominciato subito a fare i cazzari, a parlare di calcio e a raccontargli le ultime presunte imprese sessuali di Clara, la ragazza con la fama di più disinvolta della scuola, ma tutti e tre sapevano che quell'istante aveva elevato la loro già grande amicizia: erano più che amici, erano fratelli, non si sarebbero mai traditi o lasciati.
«E invece?» chiese Jacopo, il cui stato di ubriachezza era abbastanza avanzato da farlo parlare ad alta voce con un maestro Jedi di pezza. «E invece mi hanno tradito. Che stronzi.» Si mise seduto e brandì la bottiglia a mo' di microfono. «Il paragone con John e Yoko mi fa sorridere, ma capisco che sia comodo per la stampa. Quello che è certo è che Sandro, Ivan e Igor non sono Paul, George e Ringo. Guardate la fine che hanno fatto: non voglio infierire, ma Sandro fa il bidello in una scuola materna, Ivan faceva l'operatore ecologico e adesso è disoccupato, Igor è in comunità per cercare di sconfiggere la dipendenza dal crack. Non dico che non mi dispiaccia per loro, ma è una situazione che hanno scelto quando hanno cacciato Carla, e di conseguenza me, dal gruppo. Adesso scusate, vado a prepararmi per il bed-in.»

76

Andò in bagno, vomitò, si trascinò a letto e crollò addormentato. Non erano ancora le otto e non sentì Carla tornare.

2003

Lorenzo Carreri entrò da Revolver, fece un giro, ascoltò due canzoni dei Franz Ferdinand, sfogliò l'ultimo numero di *Rumore*, osservò le pareti, dove niente era cambiato rispetto al 1993: il poster dei Led Zeppelin, quello di *Dark Side Of The Moon* e la locandina di un live dei Black Sabbath. Geremia non diede segno di averlo riconosciuto, e per di più fece una faccia schifata quando batté alla cassa il cd degli Arcade Fire che Lorenzo pagò prima di uscire. Nonostante la scortesia del proprietario, l'immobilità del negozio gli diede una sensazione di pace e sicurezza. Potrebbe essere lui la voce narrante, pensò, il proprietario del negozio dove Gianni e Jolanda vanno a comprare i dischi. Sta lì fermo, nella sua piccola bottega dove non cambia mai niente, ad assistere ai mutamenti delle persone e della città. Mentre provava a immaginarsi il tono da dare al suo narratore, raggiunse il terminal degli autobus. Qui, invece, era cambiato tutto. Il bar c'era ancora, ma era più grande, e ora c'erano l'edicola e i bagni. C'erano anche una libreria e un negozio di prodotti gastronomici tipici. C'era un display che indicava orari e stalli, e alla tettoia di plexiglass erano state aggiunte delle pareti, sempre di plexiglass, e delle panchine, per aspettare il bus seduti e confortati dall'aria condizionata. Lorenzo si

sedette e notò un orrendo murale, mezzo cancellato, con un cuore, le Twin Towers e delle strane facce tutto intorno. Qualche settimana prima aveva occupato una panchina uguale a quella, e aveva visto le stesse porte scorrevoli mentre aspettava un autobus a Liverpool. Ci era andato, come gli aveva suggerito il suo editore, "per respirare il cambiamento". La stessa ragione per cui era tornato a Parcopiano. Non aveva mai pensato di scrivere un sequel di *Via dell'Abbazia*, ma l'editore era stato più che chiaro: o quello o niente. Il flop di *Il tempo rubato* non si sarebbe dovuto ripetere, e il modo migliore per evitarlo era puntare su un cavallo noto e vincente. Solo che lui non aveva idea di come continuare a farlo correre, quel cavallo. Non voleva far crescere Gianni e Jolanda. Aveva sempre pensato ai personaggi dei libri come a creature senza tempo, cristallizzate nel loro essere giovani, o vecchi, o qualunque cosa fossero nello spazio-tempo del romanzo o del racconto. Gianni e Jolanda, per lui, sarebbero stati per sempre i due adolescenti che s'incontrano in un terminal diroccato – non nel posto da finta capitale europea in cui si trovava lui adesso – e si amano in una città decadente, e crescono insieme fino a quando, nell'ultima pagina, si dicono addio su una banchina perché lei sta partendo per San Francisco. Tornerà? Torneranno insieme? Lui la raggiungerà? Lorenzo non voleva rispondere a queste domande. Voleva che nessuno staccasse quei poster dei Pink Floyd e dei Black Sabbath. Un ragazzo sulla ventina gli passò davanti, lo guardò, indugiò un secondo e passò oltre. Una donna anziana gli si sedette accanto sospirando.
«Giovane, a che ora passa il pullman per San Pardino?»
«Non lo so. Non è scritto lì?»
«Dove? Scusami, non ci leggo fino a là sopra, me lo puoi vedere tu? Fai il bravo giovane, che ho lasciato pure le lenti a casa. Non si vede niente su questi cosi.»
«Sì, certo. Ecco, dovrebbe partire alle cinque e mezzo. Non le piace questo terminal?» chiese tornando a sedersi.
«Ma che ne so, è complicato, con tutte 'ste cose da leggere, io non ci vedo manco bene. Prima chiedevo al ragazzo del bar, che era tanto gentile, mo è cambiato pure quello, e nessuno sa niente.»
Lorenzo sorrise con tenerezza. «Lo sa, io sono stato a Parcopiano dieci anni fa. Era diversa. È cambiata molto, vero?»
«Uh sì, guarda, ma mica è diventata meglio, però! Per esempio, ti faccio un esempio, la festa di San Bartolomeo, no? Prima ci stava la processione e poi, la sera, gli spari e qualche bel cantante. Una volta è venuto Gianni Morandi. Mamma mia com'è stato bello. Mo invece, e il teatro, e le mostre, e certi cantanti strani, che io non li capisco. Che forse piacciono ai giovani, va bene eh, però noi? Allora io mo lo sai che faccio a San Bartolomeo? Mi seguo la processione e vado a casa, invece prima mi

piaceva pure sentirmi i cantanti la sera. Poi sono un po' di anni che... che è arrivato il pullman? Ah no. Che stavo a di'? Ah sì, che fanno quella cosa, come si chiama, la sfilata, quella delle *darquìn*. Non mi piacciono proprio queste cose. L'altr'anno è successa pure una rissa, perché quelli sono tutti drogati. È diventata piena di drogati Parcopiano, prima non ce n'erano mica così tanti. E poi è piena di stranieri. Guarda, io non è che sono razzista, eh, però questi vengono, mettono le bombe sugli aerei... sono fanatici, capito? Io poi conosco pure delle brave persone straniere eh, però lo sai che m'ha detto una mia amica? Uh, il pullman. Mannaggia, ci stavamo facendo una bella chiacchierata, vero? Si vede che sei un giovane serio. Sei sposato? Vabbè, ciao, grazie eh. Che m'aiuti a portare su le borse?»

Lorenzo fece un giro veloce in libreria, prese un caffè al bar e si diresse verso il centro. Anche lì c'erano stati dei cambiamenti. Notò un kebabbaro, un negozio di abbigliamento vintage e il punto vendita di una grande catena di megastore di libri e dischi. Entrò. Al piano interrato era in corso la presentazione di un libro. Il fatto che si trattasse dell'ultimo Campiello Opera prima, un giovane autore indicato come il suo erede da molta critica poco fantasiosa, lo fece sorridere. Più in generale, lo faceva sorridere l'idea di avere un erede. L'idea, soprattutto, della ricerca di un erede per qualcuno che aveva pubblicato un libro di enorme successo e un altro che avevano letto in quattro e apprezzato in due. Provò un moto di solidarietà per lo scrittore che stava parlando, un bel ragazzo di ventisette anni di cui – non glielo augurava ma lo temeva – probabilmente nessuno avrebbe letto gli altri eventuali libri. In compenso, fra un paio d'anni al massimo, anche lui avrebbe avuto un erede.

Si sedette ad ascoltare, anche se l'evento era quasi concluso. Si sorprese della quantità di posti liberi e si chiese se l'interesse dei cittadini di Parcopiano per la giovane letteratura italiana non fosse nato e morto con quello momentaneo per *Via dell'Abbazia* e la curiosità di vedersi rappresentati in un bestseller. Poi si chiese se fosse il caso di usare come voce narrante quella della vecchia signora del terminal, ma l'idea non lo convinse nemmeno un po'. Il giovane scrittore lo guardò con interesse mentre salutava lo sparuto pubblico. Lorenzo si allontanò, temendo che avesse intenzione di andare da lui. Dal canto suo non aveva nessuna intenzione di parlare di *Via dell'Abbazia*, né tantomeno del libro dell'altro, di cui aveva letto solo le prime quindici pagine. Fuori si era messo a piovigginare. Decise di cercare riparo nel bar di cui gli aveva parlato Francesca, quello dell'Abbazia. Francesca gli aveva detto che era stato fatto uno splendido lavoro di recupero sull'edificio. Quando fu in Via dell'Abbazia, però, in fondo alla strada, dopo le casette inglesi, non trovò nessun bar. Il palazzo era evidentemente abbandonato. Ci girò intorno. Le insegne del cinema e del bar erano ancora al loro posto. Accanto all'ingresso del cinema era affissa la locandina di *Ubriaco d'amore* con l'orario degli spettacoli. Il film era uscito da poco, quindi la chiusura doveva essere recente. Avvertì un senso di desolazione che però in qualche modo lo ispirò, e si diresse a passi decisi verso la piazza dove, se si ricordava bene e se le cose non erano cambiate, si trovava il pub storico di Parcopiano, il Chelsea. Erano circa le sette e trenta, avrebbe potuto prendere un panino e una birra e starsene un po' tranquillo a pensare e prendere appunti.

La piazza non era cambiata troppo: a parte la pavimentazione, e il fatto che adesso era un'isola pedonale, Lorenzo notò solo un nuovo bar, un po' fighetto, tutto linee minimal e rovere wengé, poi la profumeria che c'era anche nel '93, l'edicola ancora al suo posto, un negozio di abbigliamento del genere immarcescibile – quello di cui tutti si chiedono che tipo di clientela possa mai avere: vestiti fuori moda da decenni e oltretutto costosi, aspetto polveroso, buio e ospitale come un obitorio di notte. E il Chelsea, anche lui immune ai cambiamenti. Compresi i sandwich, sempre schifosi: pane duro, farcitura a scelta fra crudo e formaggio, cotto e formaggio, tonno e pomodori. Lorenzo prese un crudo e formaggio e una Guinness, e cenò sfogliando *la Repubblica* del giorno prima che aveva trovato abbandonata su una sedia. Poi ordinò un'altra birra, tirò fuori la Moleskine e scrisse: *Gianni e Jolanda sono morti. Un amico racconta come quando e perché, e gli avvenimenti dopo la partenza di*, cancellò tutto e ricominciò: *Jolanda è morta. Gianni racconta la loro storia, dal ritorno di lei al matrimonio e poi al divorzio ma vaffanculo*, cancellò e ricominciò: *Un terremoto ha raso al suolo Parcopiano. Gianni è morto sotto le macerie. Jolanda torna dall'America, dove è diventata un avvocato di successo, per indagare sulle responsabilità di stocazzo.*

Sorseggiò la birra e si guardò intorno. Il locale si era quasi riempito. Indugiò con lo sguardo sul tavolo alla sua destra, dove sedevano lo scorbutico proprietario di Revolver, il cantante dei The Pool (Esistono ancora i The Pool? si chiese. L'album era bello) e un tizio che non conosceva. Il cantante dei The Pool lo vide e disse qualcosa a Geremia e poi all'altro ragazzo, sempre guardandolo. Geremia scosse la testa, lo sconosciuto rispose ridendo, Jacopo disse qualcos'altro, infine si alzò e si diresse al tavolo di Lorenzo.

«Ciao,» disse. Sembrava imbarazzato.

Lorenzo sorrise rispondendo al saluto.

«Senti,» continuò Jacopo, «ehm… magari ti sembrerò un deficiente, ma… posso sedermi?»

Lorenzo indicò con un cenno della testa la sedia di fronte a lui. «Grazie. Senti… in realtà non so bene cosa sono venuto a dire. Beh, no, lo so, cioè... *Via dell'Abbazia* è il mio libro preferito, e mi ha ispirato moltissimo, l'ho letto in un momento della mia vita molto particolare, e credo che c'entri anche con la decisione di formare una band, e...»

Lorenzo annuì. «Mi fa piacere, davvero. Fra l'altro mi era piaciuto il vostro album. Vi ho anche visti dal vivo, a Milano. Però poi non avete fatto più niente, o sbaglio? Mi pare che il disco fosse andato abbastanza bene, no?»

«Sì ma... davvero ti piace? Grazie. Significa veramente tanto per me. Ci abbiamo creduto molto in quel disco, anche se, sì, in effetti i The Pool non esistono più. È... anche per questo sono venuto a parlarti. In effetti, se credessi al destino direi che è stato il destino a farci incontrare. Ecco, mi chiedevo, in questo momento sto lavorando a qualche canzone per un progetto solista, e mi chiedevo, hai mai scritto dei testi?»

Lorenzo si grattò il mento, aggrottò le sopracciglia, scosse la testa. «No, mai, ma potrebbe essere interessante. Anche se non sono sicuro di esserne capace.»

«Beh, proviamo. Anch'io non sono sicuro di essere capace di fare musica senza una band.»

«Come mai vi siete sciolti?»

«Storia lunga.»

«Io ho tutta la sera, e sono giusto in cerca di una storia.»

«Cos'è, la famosa crisi da pagina bianca?»

«Devo scrivere il sequel di *Via Dell'Abbazia*.»

«Davvero? Io li odio, i sequel. Anche i prequel, se è per questo, hai visto che ciofeca i nuovi Star Wars?»

Lorenzo rise. «In effetti... comunque anche a me non piacciono i sequel, ma devo scriverlo per forza, se non voglio passare i prossimi anni in compagnia dell'avvocato o sotto un ponte.»

«Capisco. Allora è ufficiale: è il destino che ci ha fatto incontrare. Te lo racconto io, come va a finire una storia d'amore fra due ragazzi giovani, creativi e romantici a Parcopiano.»

2001

Carla scivolò fuori dal letto e dalla stanza che non erano ancora le cinque e mezzo, dopo aver dormito sì e no un'ora. Jacopo bofonchiò qualcosa mentre chiudeva la porta, ma non si svegliò. Si lavò in fretta e indossò i vestiti del giorno prima, che aveva raccattato a tentoni dal pavimento, poi uscì quasi di corsa. Aveva paura che Jacopo si svegliasse e le chiedesse cosa faceva in piedi a quell'ora, e soprattutto dove andava. Non poteva certo rispondergli che stava scappando da lui perché non sapeva se e come dirgli cosa era successo la sera prima. "È stato solo un bacio" era una di quelle frasi da filmetto che lei non avrebbe mai voluto pronunciare, e nemmeno pensare. Era proprio una frase stupida, "solo un bacio". Solo? Non è che uno si mischia la saliva col primo che passa. Che schifo. Perché scambiarsi saliva dovrebbe avere meno importanza che scambiarsi altri fluidi corporei? Forse perché non si rischia la procreazione? Allora dovrebbe valere anche la frase "è stata solo una scopata col preservativo". No. Un bacio non è *solo* un bacio, pensava mentre camminava senza meta per la città ancora gelida e deserta, un bacio è un tradimento e basta, non raccontiamoci cazzate. Io ho tradito Jacopo. Lui ha fatto a botte per me, ha litigato con i suoi amici per me, ha lasciato il gruppo per me, e io ho baciato Andrea. Invece di tornare a casa a parlare con Jacopo di come mi sentivo, ho parlato con Andrea e l'ho baciato.

Quando non si sentì più le dita per il freddo, entrò in un bar. Non c'era ancora nessuno, così riuscì ad accaparrarsi *Parcopiano Oggi*, il quotidiano più ambito dagli avventori dei bar che durante la colazione amavano dibattere di vicende cittadine piuttosto che di cronaca e politica nazionali. Carla sorseggiò il suo tè leggendo le quattro pagine dedicate alla morte del nonno. Si soffermò su una foto che ritraeva Giovanni e Giorgio abbracciati, ai tempi del primo mandato di Giovanni. Giorgio era giovane e quasi magro e, mentre Giovanni teneva lo sguardo fieramente alto, rivolto all'obiettivo e a un futuro glorioso, era voltato a guardare il padre. Carla si avvicinò il giornale alla faccia per studiare meglio la sua espressione: ci vide ammirazione, desiderio di emulazione, ma anche qualcos'altro. Vide l'insicurezza e la voglia insoddisfatta di essere accettato e amato per quello che era e non solo per quello che era destinato a diventare. Vide se stessa. Chiuse il giornale e lo spinse verso l'angolo più lontano del tavolino, convincendosi di essersi immaginata tutto. Era una foto degli anni Settanta riprodotta su un quotidiano, in cui si distinguevano appena i contorni, figuriamoci le microespressioni.

Il bar stava cominciando ad affollarsi. Un uomo anziano si avvicinò al suo tavolo e chiese se poteva prendere il giornale. Carla alzò la testa per rispondere e vide, dietro le spalle dell'uomo, in piedi al bancone, la professoressa di fisica. Maledisse la sfiga e si precipitò in bagno sperando che non l'avesse vista. Il martedì aveva fisica alla seconda ora e la Cristofori non era come la Perrella: non subiva il fascino del potere e la trattava come tutti gli altri. Se non l'avesse trovata in classe dopo averla vista fare colazione al bar, avrebbe sicuramente telefonato ai suoi. E sì che sono maggiorenne, stronza, pensava mentre teneva occupato il bagno per un tempo prudentemente più lungo del dovuto.

***

Anche Jacopo aveva deciso di non andare a scuola. Si era svegliato nel letto per metà vuoto, con un *hangover* triste, la voglia di fare colazione con succo di pera corretto al rum e di tornare a letto a crogiolarsi nel dolore dei postumi e nella depressione per la fine dei The Pool. Ma dopo dieci minuti la depressione lasciò il posto a un'ansia che lo costrinse ad alzarsi e girare per casa passando dal telefono, che prese in mano una ventina di volte deciso a chiamare Ivan, Igor o Sandro e fermandosi ogni volta, incerto su cosa dire, alla scrivania, dove lesse due righe di storia e provò a fare un esercizio di matematica, al bagno, dove si chiese se fosse il caso di provare il famoso sballo da aspirina e coca cola, rinunciando per mancanza di quest'ultima, al frigo, da cui tirò fuori una mela che mangiò a metà e una birra che bevve tutta, al divano, dove provò a scrivere una canzone, fermandosi al primo giro di accordi. Che scrivo a fare, se il gruppo non esiste più? Si guardò intorno. La casa era uno schifo, incasinata più della sua testa. Mettere in ordine aiuta a riordinare anche i pensieri, diceva qualcuno. Non aveva mai provato, forse era il momento giusto. Si tirò su dal divano, mise i Clash a tutto volume e iniziò l'operazione pulizia di stanze e pensieri.

Iniziò dal bagno. Strofinò anticalcare e candeggina in ogni anfratto, cambiò gli asciugamani, lucidò barattoli e flaconi di creme, cosmetici e saponi. Passò alla cucina, dove lavò i piatti di una cena, due pranzi e quattro colazioni ed eliminò ogni macchia e ogni granello di polvere da tutte le superfici, secchio della spazzatura compreso. Infine si dedicò alla camera principale: sistemò nell'armadio i vestiti di settimane ammucchiati sulle sedie, cambiò le lenzuola, gettò via le vecchie riviste buttate sul divano, sul tavolino e sul pavimento, rimise nelle loro custodie i cd sparsi ovunque, buttò carte di snack, buste di patatine, bottiglie di birra, bicchieri di plastica, ritrovò sotto il divano un accendino dei Beatles che aveva perso quattro mesi prima, divise i suoi libri di scuola da quelli di Carla, spolverò, passò l'aspirapolvere, pulì i vetri, appese la locandina di *Velvet Goldmine* che gli aveva regalato Sandro a Natale e il poster dei Placebo che gli aveva dato Geremia qualche giorno prima – «Lo stavo buttando, poi mi sono ricordato che avevi detto che ti piaceva. «Lo vuoi? Come fanno a piacerti questi gruppi di merda, non lo so», aveva detto, mettendo su un vinile degli Emerson, Lake & Palmer.

Jacopo si guardò intorno. La casa sembrava un'altra, sembrava anche più grande. La sua mente, in compenso, non era sgombra per niente. La cura non aveva funzionato, evidentemente non era quel genere di persona che trova le risposte sul fondo di una bottiglia di detersivo. Riprovò con quella di rum. Alle quattro di pomeriggio era di nuovo ubriaco. Telefonò a Geremia, disse che aveva l'influenza e si sdraiò sul divano a guardare *Sabrina vita da strega*.

***

Carla uscì dal bagno e dal bar e andò a casa di Sandro. Al citofono non rispose nessuno e decise di aspettarlo lì. Aveva fumato quasi un pacchetto di sigarette quando finalmente vide la panda blu del collega bassista. Lui la guardò senza espressioni particolari e poi la salutò con calore, anche se le sembrò di sentirlo esitare quando la invitò a salire. Era elegante anche quando indossava solo jeans e t-shirt, pensò mentre lo seguiva nell'ingresso. Sarebbe stato perfetto come frontman, si disse, e subito si sentì in colpa perché era una considerazione che sminuiva il carisma di

Jacopo.

La casa non era come l'aveva immaginata. Stupidamente, visto che si era sempre figurata un open space da creativo trentacinquenne, con mobili di design e altri di antiquariato e grandi stampe pop alle pareti, ma Sandro aveva solo tre anni più di lei e abitava coi genitori.

Si sedettero in salotto, e Sandro stappò due birre.

«Senti,» esordì Carla, «sono venuta da te perché sei il più ragionevole del gruppo. È che... io non voglio che ci sciogliamo. Siamo un grande gruppo, io ci credo, ci credo veramente. E vi voglio bene. Davvero, io... vi considero la mia famiglia. Adesso magari ti sembrerò patetica, ma è così. Tu lo sai che io non sono mio padre, tutti lo sapete. Ma poi dai, è una cosa ridicola. Solo qui a Parcopiano il mio cognome può creare dei problemi, e con chi poi? Con quattro punkabbestia! Noi non vogliamo essere solo una glorietta locale, o no? Cioè, quante volte ci capiterà di suonare qui? Una data a tournée? Io dico che possiamo sopravvivere. Oppure possiamo non farne proprio più, di concerti a Parcopiano. Vabbè, questo forse no, ma credi che vivremo qui per sempre? Non lo so, magari ci trasferiamo a Roma...»

«No, lo studio di Luigi è qui. E poi, che cosa abbiamo sempre detto? Che dobbiamo dimostrare che si può diventare grandi anche in un posto piccolo. E che si può far diventare grande questo posto piccolo.»

«Ti adoro quando crei questi slogan, dovevi studiare pubblicità, altro che architettura. Comunque va bene, anche se non andiamo a vivere a Roma, io... io... forse non ci crederai, ma potrei farmi da parte. Potrei sacrificarmi per il gruppo, giuro che lo farei. In fondo sono solo il basso in più, e non dovevo nemmeno esserci. Però lo sai che se me ne andassi io Jacopo non resterebbe, e non è giusto che ci sciogliamo per colpa mia. Cioè, in realtà non credo che sia colpa mia, io non ho scelto di chi essere figlia, però se proprio voi la pensate così, e se proprio volete, io vi chiederò scusa e mi assumerò la responsabilità di quello che è successo sabato, però ti prego, dammi una possibilità. Vuoi veramente rinunciare ai The Pool?»

Sandro aveva ascoltato con attenzione, e adesso fissava assorto la sua birra. Infine disse che ci avrebbe pensato. «Ti chiamo domani, ok?»

«Grazie Sandro. Davvero, grazie, anche solo per essermi stato a sentire. Lo sapevo che dovevo venire da te.»

Lui annuì. Mentre la accompagnava alla porta aggiunse: «Anche io credo che siamo un grande gruppo.»

Si salutarono con due baci sulle guance. Una volta fuori, Carla si sentì meglio. Era sicura che la storia dei The Pool non fosse finita.

***

Jacopo si svegliò di scatto, con la sensazione di aver dormito per due giorni di fila. L'orologio sulla parete, che mise a fuoco a fatica, rivelò che era passata poco più di mezz'ora. La testa gli girava da morire ma si mise in piedi, barcollando andò in bagno, si sciacquò la faccia, si lavò i denti e uscì. Il sole del tramonto gli faceva male agli occhi e peggiorava mal di testa, nausea e vertigini, ma l'urgenza di arrivare a casa di Ivan e Igor era più forte del malessere fisico. Si fermò al bar dell'Abbazia per prendere un caffè e salutare Carla. Romeo però gli comunicò che lei lo aveva chiamato per dirgli che era influenzata e non sarebbe andata a lavorare quel pomeriggio. «Scusa, non abitate insieme?»
«Ah. Ehm… sì, sì, solo che io sono uscito prima stamattina, e non sono tornato nemmeno a pranzo, e… sì, ieri sera in effetti non si sentiva tanto bene. Vabbè, me lo fai corretto il caffè? Rimedi del nonno, sai com'è, anch'io sono un po' raffreddato…»

***

Carla si sentiva meglio dopo aver parlato con Sandro, ma non aveva ancora la forza di affrontare Jacopo. Il pensiero del bacio con Andrea la sconvolgeva ancora. Doveva parlarne con qualcuno, ma con chi? Laura non rispose al telefono. Sarà in palestra, pensò controllando l'ora. Luigi? Sì vabbè, vado dal mio produttore famoso e quarantenne a raccontargli che ieri ho baciato il mio ex, sai quanto gliene frega? Immediatamente dopo aver formulato questo pensiero, si incamminò alla volta dello studio. Luigi era solo, impegnato ad ascoltare demo. «Hai trovato i nuovi Pool?» chiese Carla, sforzandosi di sembrare scherzosa.
«No, dovrei?»
Carla si sedette sulla poltrona di fronte, facendosi seria. «Forse. Hai sentito qualcuno degli altri?»
Luigi annuì. «Mi ha chiamato Sandro, mi ha raccontato che cosa è successo domenica.»
«Quindi lo sai che i The Pool non esistono più.»
Luigi alzò le spalle con un'espressione di noncuranza. «Non è la prima volta che ho a che fare con gruppi in crisi. Vedrai che fra una settimana siete di nuovo insieme.»
Carla era perplessa e anche un po' infastidita dal tono paternalistico che le pareva di sentire nelle parole di Luigi. «Tu non c'eri,» disse dopo una pausa, «non hai sentito che cosa mi hanno detto. Mi odiano e non mi vogliono più. E Jacopo se n'è andato sbattendo la porta. Io non lo so, se torniamo insieme… non ne sarei sicura.»
«Fidati, Carla, ho abbastanza esperienza, so riconoscere un gruppo che ha

87

una lite da uno che si scioglie. Voi avete litigato. E quindi? Siete cinque persone che stanno un sacco di tempo insieme, pensi che non sia normale scazzare?»

«Sì, ma… hanno detto che gli tolgo credibilità…»

Luigi scoppiò a ridere. «E ti sembra un motivo serio per sciogliere il gruppo? Lasciali un po' a pensarci su e vedi se non si rendono conto della cazzata che è. Anzi, vogliamo proprio dirla tutta? La figlia ribelle dell'uomo di potere è un personaggio rock che non si possono lasciar sfuggire!» Le lanciò uno sguardo di nuovo paterno, ma stavolta le piacque. Vide comprensione e vero affetto, e finalmente anche lei sorrise. La sensazione che aveva provato dopo la visita a Sandro si era fatta ancora più decisa. I The Pool non erano finiti. E nemmeno lei e Jacopo. Non disse niente a Luigi, ma era sicura che, se l'avesse fatto, avrebbe riso anche di quello. Un bacio, solo un bacio dato in un momento di confusione, non era una tragedia. Era stato solo un bacio, adesso non le sembrava più una frase da filmetto, ma la verità. Era stato solo un bacio.

***

«Minchia Jacopo, ti sei fatto il bagno nel Jack Daniel's?»

«Vaffanculo.»

Ivan gli fece cenno di entrare. Jacopo andò dritto nella camera dei gemelli, dove Igor era steso sul letto a far finta di studiare fisica.

«Posa quel libro, tanto non ci crede nessuno. Dobbiamo parlare.»

«Ciao eh. Minchia Ja', ti sei fatto la doccia con l'Amaro Ramazzotti?»

Jacopo si sedette sul letto di Ivan senza rispondere. Fissò lo sguardo alternativamente su Ivan, Igor, il poster di Italia '90, il poster di Che Guevara, la scrivania, la sedia con i vestiti ammucchiati. I gemelli si scambiavano occhiate indecise. Il movimento di occhi andò avanti per un paio di minuti.

«Avete un nuovo cantante?» disse infine Jacopo.

«Eh?» fecero simultanei Ivan e Igor.

«Avete trovato un nuovo cantante più bravo di me e vi serviva una scusa per farmi fuori?»

«Ma che cazzate vai dicendo?» disse Igor.

«Senti Jacopo, stai ciucco come un cincillà, ne parliamo domani, che dici?»

«No. Adesso. Adesso mi dovete dire come v'è venuto in testa di cacciare Carla. Mi dovete dire perché. Perché c'ho pensato, sono due giorni che ci penso, e non capisco perché. Non ha proprio senso. Non ce l'ha. Ditemi perché. Perché vi sta sul cazzo? Lo so che vi sta sul cazzo, ma non è un motivo, sai quanti gruppi si stanno sul cazzo e suonano insieme lo stesso?

88

Gli Oasis? Quei due si odiano, s'ammazzerebbero, l'odio fa bene, anzi sapete che c'è? Io adesso odio voi, quindi torniamo insieme, siamo il gruppo perfetto, voi odiate Carla, io odio voi, ma perché la odiate, che v'ha fatto?»

«Non dire stronzate Jacopo, noi non odiamo nessuno, e nemmeno tu...»

«Non ho finito. Che stavo dicendo? Perché la odiate? Lo sapete che lei non è come suo padre, perché... scusate un attimo.»

Mentre Jacopo era in bagno a vomitare, Ivan disse al fratello: «Mi sa che ha ragione.»

«Cosa, che dobbiamo odiarci tutti e fare le risse sul palco?»

«No, deficiente. Che abbiamo fatto una stronzata. Carla è una tranquilla, mica è come il padre.»

«Non lo so... lo sai come sono queste tipe, prima fanno le ribelli e poi vanno a lavorare da papà.»

«Boh, forse... è che però a me dispiace, siamo bravi. E io mi diverto.»

«Sì ma poi, parliamoci chiaro, che contributo dà Carla? A parte dire come ci dobbiamo vestire e far mettere lo smalto a Sandro, ma a livello musicale?»

«Lascia stare, guarda che i due bassi fanno brutto!»

«Depeche Mode.»

«Eh?» fecero i gemelli girandosi verso la porta, a cui si reggeva un malfermo Jacopo.

«Devotional Tour. Non si parlavano, giravano su limousine separate, stanze d'albergo su piani diversi, tutti drogati, alcolizzati, depressi, ma ai concerti spaccavano il culo. Spaccavano. Il culo.»

«Ah Dave Gahan, siediti che ti vado a fare un caffè, c'hai la faccia verde. Scusa se te lo dico, ma non c'hai il fisico per fare la rockstar tossica.»

«*One,*» disse Jacopo mentre Ivan gli porgeva la tazzina. «C'era grossa crisi fra gli U2, stavano per sciogliersi. Poi un giorno The Edge attacca una melodia, Bono inizia a cantare, e in un quarto d'ora come per magia nasce *One. Achtung Baby.* Disco della madonna.»

«Ok, t'ha preso la ciucca enciclopedica. Sempre meglio di quella triste.»

«Voi non volete fare un disco della madonna? Non volete lasciare qualcosa, un ricordo, un... che volete fare, gli impiegati? Gli insegnanti? Il posto fisso volete?» Posò sul comodino la tazzina ancora piena e sentenziò: «Voi scherzate, ma io sono come Dave Gahan.»

«Sì, sì,» annuirono ironicamente Ivan e Igor.

«Non mi assecondate. Sono serio. Io ero morto, come lui. Solo che lui, se non si fosse svegliato, avrebbe lasciato la sua voce immortale, e poi aveva vissuto, cazzo! E io, se non mi fossi svegliato? Avrei lasciato stocazzo. Chi si sarebbe ricordato di me? Io non voglio morire senza lasciare niente. Io voglio morire dopo aver vissuto.»

«Cristo, Jacopo, la smetti con questi discorsi? Mica devi morire domani!»
Jacopo si alzò scuotendo la testa. «Che ci parlo a fare con voi, tanto non capite,» disse uscendo dalla stanza. Gli amici lo seguirono in corridoio senza dire più niente. «Non lo capite che significa… svegliarsi… non lo potete capire…»

***

Il giorno dopo, Sandro non chiamò.
Passò una settimana, che Carla trascorse nel modo più normale possibile: andava a scuola, studiava, andava a lavorare all'Abbazia, mangiava e dormiva, provando a restare fiduciosa che i compagni – magari ben consigliati da Luigi – avrebbero ragionato e sarebbero giunti a sagge conclusioni, e provando a dare fiducia anche a Jacopo, che invece era sprofondato in una spirale di pessimismo cosmico, apatia e rassegnazione. Non andava a scuola, non studiava – Tanto ormai quel che è fatto è fatto, diceva, bocciare non mi bocciano e del voto non me ne frega niente – non andava a lavorare da Revolver, mangiava solo patatine, dormiva a orari improbabili, provava a scrivere canzoni ma rinunciava ogni volta dopo un paio di minuti per attaccarsi a una bottiglia di birra, rum o vodka. Carla cominciava a preoccuparsi davvero e a pensare che forse la madre non era stata così eccessivamente ansiosa quando gli aveva chiesto di parlare con uno psicologo, mentre Jacopo iniziava a essere irritato dalla semplice presenza della fidanzata ed evitava quanto più possibile di stare nella stessa stanza con lei, che – infine non poté fare a meno di ammetterlo con se stesso – considerava responsabile dello scioglimento del gruppo e della fine di un'amicizia decennale. Ma non responsabile quanto lui, che l'aveva fatta entrare nella band. E adesso sembrava che non le importasse niente se era tutto finito.
Poi un giorno, Carla era al lavoro e Jacopo sdraiato sul divano ad ascoltare i Radiohead parlando con Yoda, suonò il telefono. Jacopo lo ignorò. Nell'ultima settimana, il novantanove per cento delle telefonate proveniva da Giorgio di Giorgio, che chiamava dalle cinque alle dieci volte al giorno per piangere con la figlia la perdita dell'amato e temuto padre. Qualche minuto dopo, suonò il suo cellulare, illuminando sul display la scritta SANDRO.

***

Carla stappò una birra per sé e una al barista Romeo e fece un brindisi al ritorno dei The Pool. Jacopo l'aveva chiamata e le aveva detto, quasi piangendo dalla gioia, che Sandro e gli altri avevano capito di essere stati

90

stupidi, che quello che era successo al Gay Pride non era colpa di Carla, e che dovevano andare avanti senza preoccuparsi della gente stupida che metteva stupide etichette senza conoscere le persone. Stava ancora saltellando emozionata quando il telefono suonò di nuovo. Guardò il display, lanciò una bestemmia, pensò di ignorarlo, infine, sospirando rassegnata, schiacciò il tasto con la cornetta verde.

«Pronto, papà?»

«Carlettina, amore, come stai?»

«Uguale a mezz'ora fa, papà.»

«Sì. Carlettina, hai pensato alla mia proposta?»

«Ti ho già detto di no. No. Non ho bisogno di pensarci. La mia risposta è no. È una settimana che te lo ripeto. No.»

«Ma Carlettina…»

«No.»

«Ma…»

«No.»

«Quando sarò morto ripenserai a questa conversazione,» disse Giorgio mettendosi a piangere. «Hai abbandonato tuo padre, Carla… hai tradito la tua famiglia, come hai potuto? Come hai potuto?»

«Papà?»

«Dimmi figlia mia, dimmi quello che vuoi. Nonostante tutto, Carlettina, io sono il tuo papà, e ti voglio tanto bene, Carlettina.»

«Papà, sto lavorando. Ti richiamo io, va bene?»

«Sì, Carlettina, sì. Mi prometti che ci pensi?»

«Sì, sì, ci penso.»

«Grazie, Carlettina. Anche mamma sarebbe tanto contenta. Sapessi quanto è dimagrita, da quando te ne sei andata…»

«Papà.»

«Eh?»

«L'ho incontrata ieri mamma, sta benissimo.»

«Finge Carlettina, lo sai quanto è eroica. Ci penserai?»

«Sì sì. C'è gente, vado, ciao.»

«Ciao Carlettina,» sussurrò Di Giorgio dopo che la figlia ebbe riattaccato. Poi chiamò Maria e si fece portare un'altra bottiglia di limoncello e un sacchetto di taralli pugliesi. Bevendo e sgranocchiando, meditò sul da farsi. Lui era una persona onesta, uno che, come suo padre prima di lui, era sceso in campo per fare il bene della città che amava. Soprattutto, era un uomo che mai, mai avrebbe fatto del male alla famiglia. Per questo era riluttante a seguire il consiglio di D'Ascenzo. Non voleva mentire alla sua bambina. Ma ormai non vedeva alternative. Aveva pianto, aveva supplicato, ma lei sembrava irremovibile. A questo punto, l'idea di D'Ascenzo era veramente l'unica soluzione. Recitò un atto di dolore, prese il telefono e digitò ancora una volta il numero di Carla.

Questa volta, lei lo ignorò. E lo stesso fece quando suonò mentre tornava a casa, e poi mentre festeggiava con Jacopo, e poi mentre Jacopo le faceva una domanda assolutamente insensata, folle, sconsiderata, inaspettata e stupida, e lei insensatamente, follemente, sconsideratamente, inaspettatamente e stupidamente rispondeva: «Ok, perché no? Sposiamoci.»

Autunno 2001

Gli infiltrati di Di Giorgio nella maggioranza erano in piedi, spalla a spalla. Di Giorgio camminava lentamente avanti e indietro, avanti e indietro, squadrandoli come un generale davanti a sette reclute imbranate.
«Dobbiamo ricominciare tutto daccapo?» disse rompendo un silenzio lungo, pesante, pieno di disapprovazione e imbarazzo. «Capite bene che, adesso, non posso riprendervi nel partito. Che figura ci faccio? Che figura ci facciamo tutti? Fatto sta che il piano è un fallimento. In un anno, un anno! Non avete concluso niente, niente!»
«Ma... ma...» balbettò Pepe, «non è vero... ehm... secondo gli ultimi sondaggi... uhm...» tirò goffamente fuori dalla ventiquattrore un fascio di fogli, si asciugò il sudore dalla fronte e lesse: «Dunque... il consenso di Gagliardi è calato... ehm... dello zero virgola quattro per cento. Non è poco,» sottolineò guardando timoroso negli occhi il capo, poi tornò a scartabellare. «Vediamo... i residenti del centro si lamentano per gli schiamazzi notturni... abbiamo convinto Gagliardi a prolungare l'orario di apertura dei locali, abbiamo concesso a tutti il permesso per proporre musica dal vivo, e abbassato il costo delle concessioni per l'apertura dei dehor. Ehm... ancora, dunque... ah sì, aumento tariffe parcheggi a pagamento, è cosa fatta.»

«E me lo dici così? Oh, finalmente parliamo di cose serie. Esposito mi sta col fiato sul collo per il parcheggio di via dell'Abbazia. Si chiude o no, 'sto ritrovo di comunisti, che me lo sogno pure la notte?»
Pepe cominciò a sudare freddo. «Ecco, veramente... c'è un piccolo problema... ehm... a fronte di un significativo incremento dei costi d'affitto dello stabile... ehm... le associazioni hanno potenziato l'offerta dei corsi, hanno aumentato i prezzi, hanno chiesto ai soci un contributo per le spese e... ehm... tu lo sai, capo, che la lobby dei radical-chic è molto abbiente e potente. Insomma, ecco... non so come dirtelo... pagano l'affitto tutti i mesi, e sono in attivo coi bilanci...»
«E voi mandategli un'ispezione e fate trovare della droga, no? Possibile che devo sempre dirvi tutto io? Possibile che non riusciamo a stanare quei maledetti comunisti, maledetti, maledetti, mal...»
Di Giorgio si fece paonazzo e si portò una mano al petto, accasciandosi sul pavimento. Subito tutti gli si fecero intorno. Pepe gli slacciò il primo bottone della camicia, D'Ascenzo spintonava gli altri urlando: «Lasciatelo respirare!», Di Biagio corse a chiamare Maria e Colonna andò a prendere un bicchiere d'acqua e una pillola per la pressione.
«Lasciatemi stare, cretini!» urlò Di Giorgio, sempre più violaceo. «Se non volete farmi venire un infarto, cacciate quei cazzo di comunisti da quel cazzo di palazzo, e poi dal Comune, e poi da Parcopiano, e poi dall'Italia!»
«Calmo Giorgio, stai calmo,» Colonna gli porse pillola e bicchiere. Di Giorgio ingurgitò senza protestare. «Ce la faremo, Giorgio, devi solo avere un po' di pazienza. Stiamo andando bene, se continuiamo così non escludo che arriveremo alle dimissioni e alle elezioni anticipate. Anche la congiuntura internazionale ci è favorevole. I recenti avvenimenti...»
«Chi se ne frega della congiuntura internazionale!» si inalberò Giorgio. Si sollevò ansimando e si trascinò al mobile bar per versarsi un limoncello. «A meno che un talebano non venga a schiantarsi sull'Abbazia, non venitemi a parlare di congiuntura internazionale. Congiuntura internazionale! Non siete stati capaci di assoldare due black bloc, cosa parlate di congiuntura internazionale. E intanto Carla non risponde al telefono,» le sue parole si persero fra le lacrime e i singhiozzi. «Non so dov'è mia figlia, non so cosa sta facendo, non la sento da cinque mesi!»

Due giorni dopo, D'Ascenzo si presentò a casa Di Giorgio con buone nuove: sapeva dove trovare Carla.
«Leggi qua,» disse appena entrato, porgendo all'aspirante sindaco un recente numero di *TV Sorrisi e canzoni*.
Di Giorgio buttò un occhio sulla foto a tutta pagina di Luigi Nocera. «E perché dovrebbe interessarmi qualcosa di questo ricchione comunista?»
«Perché sei sempre così malfidato, capo? Leggi. Ti ho pure evidenziato la

parte interessante.»

Con una smorfia di disappunto, Di Giorgio prese la rivista e lesse le parole sottolineate. *In questi mesi ho intensificato la mia attività di produttore. Dopo quello di Parcopiano, ho aperto uno studio di registrazione a Roma, e ne vado molto orgoglioso, abbiamo strumentazioni all'avanguardia che ho acquistato a Londra e New York. Adesso sto lavorando ai nuovi album di due band in cui credo molto, i Flydown e i The Pool.* Di Giorgio guardò l'amico con occhi pieni di speranza. «Come si chiama questo posto, dove si trova?»

D'Ascenzo tirò fuori dalla tasca un post-it e glielo porse con espressione complice. «Fattelo dire Giorgio, come investigatore sei pessimo. Siamo a Parcopiano, mica a Città del Messico. Basta chiedere. Io, per esempio, ho chiesto al mio dentista, che è il fratello di Luigi Nocera.» Improvvisamente si fece pensieroso, e aggiunse a voce più bassa, come parlando fra sé e sé: «Sposato con figli. Chissà come succede che nella stessa famiglia un fratello cresce normale e l'altro ricchione...»

«Hai ragione amico mio, dovevo chiedere,» disse Di Giorgio, ignorando la questione, «ma ero ottenebrato dal dolore. E mi imbarazzava chiedere. Cosa penserebbe la cittadinanza se sapesse che mia figlia è scappata con uno così?» D'Ascenzo annuì come se pensasse anche lui che la storia di Carla e Jacopo e dei The Pool fosse un segreto ben conservato. «Te l'immagini,» continuò Giorgio fra i singhiozzi, «come ci si sente? Una figlia che non risponde, non chiama, la mia unica figlia, l'unica erede, la luce dei miei occhi, il cuore mio,» si buttò sulla poltrona con il volto tra le mani.

Maria, richiamata dalle urla, andò a versargli un bicchiere di vino. «Bevi amore, bevi che ti fa bene, ti tira su.»

«Grazie Maria, grazie. Come sei dimagrita, Maria. Guardala Gino, guarda quant'è sciupata. Quanto dolore!»

***

I The Pool stavano facendo delle ipotesi di arrangiamento per una nuova canzone, che secondo Jacopo sarebbe dovuta essere il singolo di lancio del nuovo album, anche se era solo una delle due che aveva scritto per intero. Lui e Sandro stavano discutendo piuttosto animatamente in proposito: Jacopo avrebbe voluto dare a *Ragazzo*, dedicata a Carlo Giuliani, un taglio reggae, mentre Sandro pensava a un rock militaresco alla *Sunday Bloody Sunday*. Carla, Ivan e Igor avevano detto la loro, e assistevano annoiati sorseggiando caffè americano. La diatriba si trascinava ormai da più di una settimana. Carla e Igor erano d'accordo con Jacopo. Ivan invece concordava con Sandro nel considerare il reggae un genere da figlio di papà Anni Novanta, inadatto al loro pubblico e più in generale incompatibile con l'evoluzione del genere umano.

«Che c'entra, mica voglio fare una cosa da fricchettoni scalzi con la boccia di vino in braccio. Un reggae rock alla Clash, capito?»

«Appunto, i Clash l'hanno fatto trent'anni fa, non sarebbe ora di andare avanti?»

«E vabbè, i Clash hanno fatto il reggae e gli U2 hanno messo la batteria da marcia militare che piace a te. Se iniziamo con questi discorsi arriviamo ai Beatles, a Elvis, ad Adamo ed Eva e non facciamo più niente.»

«Sentite,» intervenne Luigi, «qui non se ne esce davvero, vogliamo fare altro e parlarne domani?»

«Sono d'accordo,» la voce di Ivan si levò dal divano dove stava dormicchiando insieme al fratello mentre Carla, con sprezzo dei dispositivi antincendio, fumava una canna pizzicando svogliatamente le corde del basso. Presi chi dal litigio chi dai propri pensieri, non si accorsero che nella saletta del mixer era entrata Lucia, la segretaria, insieme a un visitatore. I due rimasero qualche minuto in ascolto dei contendenti, poi l'ospite intervenne: «Scusate, ma non potete mettere nel disco tutte e due le versioni?»

Tutti si voltarono in contemporanea. Carla fece un salto sul divano e spense in fretta e furia la canna. «Papà? Che cavolo ci fai qua?»

Di Giorgio la guardò con un misto di amore e rimprovero. Provò a trattenersi, ma le lacrime iniziarono a scorrere copiose. Carla alzò gli occhi al cielo. Voleva mettersi a piangere anche lei, tanto era l'imbarazzo.

«Figlia mia, ti sei fatta ancora più bella, fatti guardare.»

«Papà, ti prego. Non ci vediamo da tre mesi, mica da tre anni.»

«Cinque. Cinque mesi. Carletta, amore di papà. Perché non rispondi al telefono? Perché non chiami tua madre? Eravamo disperati, disperati! Abbiamo anche pensato di chiamare *C'è posta per te*.»

Si frugò nelle tasche in cerca di un fazzoletto che non riuscì a trovare, e si asciugò la faccia con la manica della giacca. Lucia lo fissava allibita. Nocera, Jacopo e gli altri si mordevano le labbra per non ridere. Carla avrebbe voluto suicidarsi. Era meglio quando la ignorava o le diceva che le femmine dovevano stare al loro posto. Questa novità delle lacrime e delle suppliche era uno strazio insostenibile. Probabilmente era ancora per via del lutto, pensava, e non avrebbe voluto sembrare insensibile, ma le sembrava di vivere nel detto "attenta a quello che desideri perché potrebbe avverarsi". Lei aveva tanto desiderato più attenzione dal padre, ma così era troppo!

«Carlettina mia amata, ho tanto bisogno di parlarti, ti scongiuro, non mandarmi via. Ci vieni a cena con me? Ti prego. Ti prego, figlia mia,

parliamo.»
«Va bene. Che palle, va bene, andiamo a cena, andiamoci. E poi levati di torno, stavolta sono io che ti supplico.»
Di Giorgio corse ad abbracciarla. «Grazie. Grazie! Andiamo, ho prenotato per le otto e mezza, in quel ristorante bellissimo vicino a Palazzo Chigi.»
Carla si trascinò al seguito del padre con aria stanca e rassegnata, salutando tutti con la mano.
«Forse ha ragione lui: allora, registriamo prima la versione reggae o quella rock?» chiese Nocera appena i due furono usciti dallo studio.

Natale 2001

Oasis – Wonderwall

«Che cosa ci dovrei fare con questo?» chiese Jacopo tirando fuori un maglione dalla valigia.

«Mettertelo?» rispose Carla senza alzare gli occhi dal libro.

«Ma non lo vedi che è tutto infeltrito e c'è pure un buco? Che cavolo.»

«Scusa capo. Magari la prossima volta te la fai da solo la valigia, che dici?»

«Ti ho chiesto un favore, solo un favore. Lo sai che oggi avevo diecimila cose da fare.»

«Certo, io invece avevo solo da pettinare un paio di Barbie.»

«No no, sicuramente avevi anche da fare qualche telefonata.»

«Sarebbe a dire?»

«Niente.»

Jacopo gettò il maglione sul letto, ne prese un altro dallo schienale di una sedia, chiuse la valigia.

«Andiamo?»

Senza rispondere, Carla finì con calma di leggere il capitolo, chiuse il libro, lo mise in borsa, andò in bagno, controllò che il gas fosse chiuso, si versò un bicchiere di vino e lo assaporò piano, quindi prese la sua valigia e seguì Jacopo.

Arrivarono al terminal di Tiburtina appena in tempo per salire sull'autobus. Gli altri avevano fatto i biglietti anche per loro e gli avevano tenuto i posti. Il viaggio da Roma a Parcopiano, normalmente di due ore e un quarto, durò nove ore di ingorghi e rallentamenti. Ivan e Igor passarono tutto il tempo a dormire, ascoltare musica e giocare col telefonino, così solo

Sandro si accorse che Carla e Jacopo non si scambiarono nemmeno una parola durante tutto il viaggio. Si accorse anche che il telefono di lei squillò una decina di volte, e che tutte le volte lei lo prese, guardò Jacopo e lo rimise in borsa senza rispondere.

Quando arrivarono al terminal di Parcopiano notarono subito – era impossibile non notarlo viste le dimensioni – il nuovo murale, commissionato dal Comune all'artista nato a Parcopiano e vissuto per quasi tutta la vita a New York, Lorenzo Di Giorgio: un enorme cuore al cui interno svettavano le Twin Towers che venivano fuori a mo' di campanili dall'Abbazia. Tutt'intorno candele con, all'interno delle fiamme, i volti di alcuni dei cantanti che avevano partecipato al concerto post-undici settembre (Bono, Eddie Vedder, Céline Dion, Bruce Springsteen, uno che forse voleva essere Neil Young ma che somigliava alla nonna di Sandro fatta di metanfetamina) e la scritta *Rise together.*

«Vostro zio si sta rincoglionendo totalmente,» disse Jacopo a Ivan e Igor, che annuirono con le facce incredule ancora rivolte verso l'opera.

«Ma poi chi è 'sto Lorenzo Di Giorgio?» chiese Ivan. «Io ho sentito dire che fa il madonnaro a New York, altro che artista.»

«Eh, secondo me è la triste verità. È parente tuo?» chiese Sandro a Carla.

«Non è che tutti quelli che si chiamano Di Giorgio sono miei parenti,» rispose lei piccata. In realtà si trattava di un cugino di terzo grado dalla carriera non proprio di successo che Giorgio aveva suggerito a Pepe di suggerire a Gagliardi di ingaggiare per realizzare un'opera d'arte in segno di solidarietà con New York. Gagliardi si era fidato del curriculum che Pepe gli aveva mostrato, secondo cui Lorenzo Di Giorgio era un giovane molto stimato che aveva esposto in numerose gallerie di Manhattan. Alla cerimonia di presentazione del murale, quando era caduto il telo che lo copriva, il sindaco si era trovato in seria difficoltà nel dover mascherare l'imbarazzo di fronte ad autorità e stampa.

«Vabbè, io vado, buon Natale, ci sentiamo,» disse Carla avviandosi verso il parcheggio, dove la aspettava Giorgio.

«Ciao ragazzi, ci sentiamo,» disse Jacopo facendo cenno alla madre, anche lei nel parcheggio, di averla vista.

«Aspe',» lo bloccò Igor, «non andate a casa vostra?»

«No, abbiamo deciso di fare il Natale ognuno a casa sua, sai com'è,» tagliò corto Jacopo allontanandosi.

Ivan, Igor e Sandro non dissero niente, ma si guardarono sapendo cosa stavano pensando gli altri: Carla nell'ultimo mese ripeteva in continuazione di voler rompere tutti i ponti con suo padre, di doversi liberare, di volersi trasferire definitivamente a Roma e non tornare mai più dalla sua famiglia, e adesso si faceva venire a prendere da Giorgio e tornava a casa con lui?

I tre non sapevano che Jacopo era spiazzato quanto loro. Solo quella mattina, infatti, Carla gli aveva comunicato la sua decisione di trascorrere le feste a casa dei suoi. Certo, negli ultimi tempi si era comportata in modo schizofrenico, passava dalle più svenevoli ed eccessive dimostrazioni di amore alla distanza alternata ad aggressività. E poi c'erano le telefonate. Almeno una volta al giorno Carla si chiudeva in bagno a parlare con qualcuno e non aveva mai voluto dirgli chi fosse. Jacopo si era infine convinto che non avesse un altro, perché in quel caso non sarebbe stata così stupida da farsi scoprire in quel modo, ma non per questo era tranquillo. Qualcosa non andava, e in più le registrazioni del disco erano a un punto morto. In studio non si faceva che parlare, spesso litigando, di svolte musicali, derive elettroniche, ritorni alle origini, inserti glitch, ermetismo, morte del grunge, del brit e dei cantautori. Carla continuava a sostenere che dovevano affrancarsi dall'ideologia e che la musica di sinistra non aveva più senso né futuro. Ivan ribatteva che mai come in un momento di confusione e incertezza aveva senso raccontare il mondo con occhio critico e consapevole. Sandro si presentava ogni giorno brandendo mandolini, didgeridoo, flauti di pan, banjo e balalaike, asserendo che la new world fosse il futuro.
Anche se avessero raggiunto un accordo su politica e balalaika, comunque, non avrebbero potuto farne niente, visto che Jacopo non aveva scritto neanche una canzone completa.
Saranno delle vacanze di merda, pensava seduto nella Micra di sua madre.

A mezzanotte, dopo il rito delle frittelle di baccalà, e quello degli spaghetti al sugo di anguilla, e quello del baccalà con i finocchi – tutti piatti che odiava, odiava tutto ciò che sapeva o odorava di pesce – e quello dei mostaccioli e del torrone e del pandoro e del panettone e del limoncello e dell'apertura dei regali, Jacopo salutò genitori, zii e nonni, declinò l'invito dei cugini per un poker e si chiuse in camera con la luce spenta e i Radiohead nelle cuffie, a farsi consumare il cervello dai tarli del dubbio e delle premonizioni apocalittiche. Cosa stava succedendo a Carla? Cosa gli stava nascondendo? Cosa stava succedendo ai The Pool? Perché non si divertivano più a suonare insieme? Perché lui non riusciva più a scrivere una canzone? Era tutto finito? Una carriera stroncata sul nascere? Nessuno si sarebbe ricordato di loro. Di lui. Sarebbe invecchiato e morto nella mediocrità più abietta. L'ansia gli si contorceva nello stomaco mentre, in cucina, Lucia parlava a Riccardo delle sue preoccupazioni: «Non è uscito ieri e nemmeno stasera. Ti pare normale? Non lo riconosco più. Che fa sempre chiuso in camera?»
«Madonna Lucia, e quando usciva sempre non andava bene, adesso non esce e nemmeno va bene, ma lascialo stare, avrà litigato con Carla!»

«Sì, vabbè. Sempre tutto normale, per te. Hai visto che non ha mangiato niente?»

«Ma lo sai che non gli piace il pesce.»

«I dolci sì però. Hai visto quanto vino e quanto limoncello ha bevuto? No? L'ho visto io. Te lo dico io, Riccardo, Jacopo beve e si droga, ecco che fa.»

«Va bene, va bene, domani lo mandiamo in comunità,» concluse Riccardo mentre usciva sbuffando. Si unì al poker dei nipoti mentre Lucia si chiedeva con chi poteva parlare per avere più comprensione di quella che otteneva da quell'idiota insensibile del marito.

Il giorno dopo andò a svegliare Jacopo a mezzogiorno e mezzo per farsi aiutare ad apparecchiare la tavola. Jacopo assolse il compito rispondendo a grugniti e monosillabi alle domande della madre.

«Come va il disco?»

«Bene.»

«Carla come sta?»

«Bene.»

«Faceva caldo a Roma?»

«Sì.»

«Hai visto che freddo qui?»

«Eh.»

«Forse lunedì nevica.»

«Mh.»

Per la prima volta in vita sua, Jacopo fu contento quando arrivarono i parenti. Sua madre sarebbe stata occupata a servire a tavola e conversare con nonni e zii, e l'avrebbe lasciato respirare. E tacere.

Infatti riuscì a stare zitto per tutto il pranzo, mangiando appena e riempiendosi parecchie volte il bicchiere di vino, fingendo di non accorgersi degli sguardi preoccupati della madre. Per evitare l'interrogatorio a cui, era sicuro, l'avrebbe sottoposto appena se ne fossero andati tutti, si aggregò ai cugini Marco, Antonio e Rossella per un cinema. Propose *E morì con un felafel in mano* al cinema dell'Abbazia, ma venne tacciato di snobismo e seguì la piccola comitiva al nuovo multisala, dove tutti volevano vedere una commedia di cui nessuno ricordava il titolo.

Lungo la strada, notò una gru e delle impalcature dove c'era un piccolo parco.

«Cosa stanno costruendo?» chiese.

«Come, non lo sai? Il nuovo centro commerciale.»

«Qui? Sul parco?»

«Nel posto che avevano scelto prima il terreno era tutto franabile, quindi il comune ha venduto il parco a questi tipi. Gagliardi dice che i soldi serviranno per servizi e offerte culturali, e che il centro commerciale è una grande opportunità per i giovani senza lavoro, insomma le solite cazzate.

Questo sta diventando uno stronzo come tutti gli altri. Sempre così, i politici, partono bene e poi iniziano a fare un sacco di cazzate. Chissà chi ci guadagna, altro che cultura e lavoro. Poi era così carino, questo parchetto.»

Mentre gli altri facevano la fila per i biglietti, Jacopo andò a prendere le sigarette al bar di fronte. E la vide. Carla, seduta a un tavolino. Insieme a un altro. Che le stava seduto molto vicino. In realtà non stavano facendo niente di compromettente. Sul tavolo c'era una ventiquattrore aperta, e lui le stava mostrando dei grafici. Lei sembrava interessata solo alle carte, ma quando alzò gli occhi e si accorse di Jacopo, impallidì.

***

Il giorno seguente, Jacopo era stravaccato sul divano con un vecchio Dylan Dog, aperto alla stessa pagina da circa due ore e mezzo, quando ricevette la telefonata di Carla che gli chiedeva se potevano vedersi da qualche parte per un aperitivo e due chiacchiere.

Due ore dopo, al bar dell'Abbazia, davanti a un Martini, una birra e una ciotolina di patatine, Carla disse che non voleva più litigare. Si scusò per la freddezza e il nervosismo e i silenzi degli ultimi tempi, e disse che gli avrebbe spiegato le ragioni del suo comportamento.

«È che io non so bene come dirtelo, Jacopo, non so bene cosa dirti. Sto ancora cercando di capire, mi sento come se… non lo so, come se una mattina mi fossi svegliata in un paese straniero, in mezzo a estranei che parlano una lingua che non conosco, come se il mio mondo, tutto quello che credevo che fosse reale, non esistesse più, anzi non fosse mai veramente esistito…»

Jacopo la guardava sforzandosi di trovare un senso in quelle parole, ma non aveva la minima idea di dove Carla volesse arrivare.

«Io,» continuò lei, «non so come dirtelo perché sto perdendo tutti i miei ideali, e dicendoti certe cose credo che succederà anche a te, che sei così idealista, e te l'assicuro, non è una bella sensazione, credimi.»

«Non ho capito niente. Quali ideali hai perso? E perché? E chi è quello che stava con te al bar ieri? È quello che ti chiama in continuazione? Chi è? Che vuole?»

«Tutti. Tutti gli ideali, ho perso. Io mi sento una cretina. Mi sento così depressa. È brutto, è bruttissimo aprire gli occhi e renderti conto che quello in cui credi… in cui credevi… è un cumulo di bugie di merda.» Fece una pausa per tirarsi via coi denti la pellicina che si stava martoriando con l'unghia del pollice.

«Senti, vuoi andare al dunque? Che cosa è un cumulo di bugie?»

«Tutto. Tutti. Sono tutti uguali.» Prese un sorso di Martini e sospirò. «Ok.

Quando sono andata a cena con mio padre, a Roma, lui mi ha detto come sono andate veramente le cose.»

«Cosa?» chiese Jacopo, vedendo confermata la sua impressione che gli atteggiamenti di Carla avessero cominciato a farsi nervosi ed enigmatici dopo la sera dell'irruzione di Di Giorgio in sala di registrazione.

«Mi ha raccontato come mai Pepe, D'Ascenzo e gli altri lo hanno abbandonato e perché si sono schierati con Gagliardi. Il Gay Pride non c'entra niente. E fra l'altro mi chiedo come ho fatto a essere così scema da pensare che davvero quei deficienti avrebbero potuto essere interessati ai diritti civili al punto da lasciare il partito. Che idiota. Comunque. Gagliardi li ha pagati, ecco perché hanno cambiato schieramento, altro che Gay Pride.»

«Pagati?»

«Non in contanti. Per esempio, sapeva che la figlia di Colonna aveva contratto dei debiti per rinnovare il negozio, o che Pepe non riusciva a ottenere dei permessi per costruire il multisala. E guarda un po' il caso, il multisala è venuto su in quattro e quattr'otto.»

«Ma scusa, perché tuo padre non li denuncia?»

«Perché formalmente non c'è nessun reato. Lui ha solo fatto dei favori a degli amici.»

Sulle parole favori e amici fece il gesto delle virgolette con indice e medio. Jacopo non gliel'aveva mai visto fare. Però aveva notato che il ragazzo del bar l'aveva fatto un paio di volte. Quanto spesso si era vista con lui, si chiese, per averne assimilato addirittura i tic?

«Quindi quello che stanno scrivendo tuo zio e tua cugina, è tutto vero?»

Jacopo aveva letto qualche articolo, ma non aveva dato loro più peso di quello che aveva dato in precedenza a tutti gli articoli contro Gagliardi firmati dai Di Giorgio giornalisti.

«Tutto vero. In un posto normale, Gagliardi si sarebbe già dimesso. Ma lui nega, e poi si è costruito una rete di clientelismi degna di Berlusconi. Madonna, se penso che ho anche festeggiato, quando l'hanno eletto! Mio padre che piangeva nel bagno, e io che brindavo. Che stronza. Hai visto i lavori per il nuovo centro commerciale?»

Jacopo annuì.

«C'è di mezzo Saviani. È lui che ha comprato il parco, attraverso un prestanome. E credi che i soldi verranno usati davvero per sovvenzionare il festival del libro?»

«Non lo so.»

«Non lo sai? Ti dico solo che, subito dopo aver venduto il terreno, Gagliardi ha comprato una casa ai Parioli per la sorella e il cognato. Chiedi ai tuoi amici, se hanno visto la nuova casa della zia. E gli aumenti continui dell'affitto per questo posto? Io ero già scettica da tempo, ma mio padre mi ha detto la verità anche su questo: vogliono costringere tutti a sloggiare, per abbattere e costruire il parcheggio.»

«Ma scusa, il parcheggio non era un progetto di tuo padre?»

«Sì, ma lui l'avrebbe fatto in modo pulito, senza tutti questi sotterfugi da finto amico della cultura.»

Jacopo rimase pensieroso per un po'. Per quanto gli dispiacesse venire a sapere storie del genere su una persona che aveva sempre stimato, politicamente e umanamente, non era poi così sorpreso: che la politica guastasse anche i santi l'aveva sempre pensato.

«Va bene, ma che c'entra tutto questo con te, con me e con il gruppo? E chi era il tipo dell'altra sera?»

Carla si morse le labbra, giocherellò con i capelli e con la sciarpa, gli chiese se voleva un'altra birra, andò a prendere un'altra birra e un altro martini, si sedette, sorseggiò il martini, infine lasciò cadere su Jacopo, secche, affilate e gelide, le sue parole: «Lascio il gruppo.»

Jacopo boccheggiò. Non sapeva più cosa pensare, non capiva cosa stesse succedendo.

«Ma... ma... ma il disco... l'album... noi stiamo... abbiamo quasi... dopo tutto quello che... dopo che ho litigato con tutti, dopo... perché? Che c'entriamo noi?»

«È che... il ragazzo dell'altra sera è Romolo, il nuovo assistente di papà. Quelle telefonate, a Roma, era sempre lui. Mio padre... mi ha offerto un lavoro. Come ufficio stampa e responsabile della comunicazione per la sua campagna elettorale, e... insomma io... io sto pensando di accettare. Anzi... Jacopo, io... gli ho già detto di sì.»

Per una macabra coincidenza, nel locale si diffusero i primi accordi di *Wonderwall*, in contemporanea con il mutismo glaciale piombato fra loro due. La prima canzone che i The Pool erano riusciti a suonare senza errori dall'inizio alla fine. Jacopo ripensò a quel momento perfetto di quel primo, per niente perfetto, concerto. Ricordò gli strumenti che si incastravano, la voce che usciva senza sforzo e la ragazza dei suoi sogni che suonava il basso e lo guardava e gli sorrideva. Ricordò il modo in cui aveva vissuto quei minuti, nella piena consapevolezza della felicità. Proprio come adesso era pienamente consapevole del disastro. E quella canzone che suggellava la fine, come aveva suggellato l'inizio, gli pareva l'idea pessima, involontariamente comica, di un regista da quattro soldi. Avrebbe voluto alzarsi e andare a chiedere a Romeo di togliere il cd, invece restò lì, a guardare Carla negli occhi. Se la immaginò rinchiusa in camere di tortura, sottoposta a lavaggi del cervello, la sua Carla con gli occhi svuotati di tutti i sentimenti, in tailleur, le calze velate e i capelli ossigenati e piastrati. Carla a Strasburgo con una ventiquattrore e un marito imprenditore edile – avevamo deciso di sposarci quest'anno, pensò. Carla chiusa nei bagni del

senato con uno specchietto e una banconota arrotolata nella narice, Carla…
«Senti, io lo so che cosa stai pensando,» disse, e Jacopo la guardò con
attenzione, per trovare almeno le tracce dell'intelligenza e della passione e
dell'idealismo che amava. Gli sembrò che fossero ancora lì. «Ma mio
padre non è un fascista,» continuò lei. «Lo so che ero io la prima a
chiamarlo così, ma insomma, le cose non sono sempre bianche o nere. È
vero, è un tipo un po' ruspante, e non è molto istruito, ma… Jacopo, mio
padre è un uomo buono e un politico onesto. E l'onestà non ha colore.
Insomma Jacopo!» esclamò a voce troppo alta per sembrare convinta. «Lui
è a capo di una lista civica, mica di Forza Nuova!»
«No, ma… cioè, certe sue idee…»
«Lo so, è un uomo tradizionale, diciamo così, ma io lo so che certe cose in
fondo non le pensa. Anche per questo ho accettato il lavoro. Voglio
svecchiare la sua immagine e consigliarlo al meglio. Farò capire ai
parcopianesi che possono fidarsi di lui, e lo aiuterò a fare le scelte migliori,
per tutti.»
«E non puoi farlo continuando a suonare con noi?»
Carla scoppiò a ridere.
«Ma ti prego, te li immagini gli altri? Già non mi volevano quando andavo
in giro con la kefiah e il megafono. Loro non sono come te, non
accetterebbero mai questa cosa.» Ebbe un attimo di esitazione. «Tu
l'accetterai, vero?»
Jacopo non sapeva cosa dire. Perché non sapeva più cosa provava per
Carla. Anzi, non sapeva più chi era Carla. Si poteva cambiare così tanto da
un giorno all'altro? Lui credeva di no, ma se non si cambiava
all'improvviso allora voleva dire che la vera Carla era quella che aveva di
fronte, e che per anni aveva amato una persona che non esisteva. E se
invece avesse avuto torto? Se fosse stato possibile cambiare così,
all'improvviso? Il risultato non sarebbe stato diverso: avrebbe voluto dire
che la Carla che amava era reale, ma che adesso non esisteva più. Gli
faceva male la testa per la confusione. Ma comunque la mettesse, la
risposta era la stessa: no. Non poteva accettarlo. L'aveva tradito. Non
fisicamente, ma l'aveva tradito. Gli aveva mentito, e aveva preso una
decisione che avrebbe cambiato la vita di entrambi senza nemmeno
chiedergli un parere. Non lo considerava un idealista come gli aveva detto
prima, pensò mentre la confusione diventava rabbia: lo considerava un
idiota, ecco la verità. E aveva ragione. Aveva insistito con i suoi amici per
farla entrare nel gruppo, aveva litigato con loro per difenderla, l'aveva
sempre considerata la parte più pura e onesta della coppia, quella che non
voleva andare a lavorare nei megastore, quella che scappava di casa per
andare a vivere con lui in un bugigattolo, quella che organizzava gli
scioperi e le occupazioni mentre lui si faceva le canne e faceva finta di

suonare la chitarra, quella che leggeva Marx mentre lui sfogliava *Tutto Musica*, quella intelligente, quella migliore di lui perché non si sentiva migliore di nessuno. E invece l'aveva tradito. Non l'aveva considerato degno di venir messo al corrente di quanto stava succedendo. Oppure, se era vero che ci teneva così tanto a preservare il suo presunto idealismo dalle brutture del mondo reale, se pensava che fosse troppo sensibile per sopportare la verità, allora era ancora peggio: voleva dire che aveva vissuto per due anni con lui senza conoscerlo affatto. In entrambi i casi, pensava di essere fidanzata con un idiota. E lui si sentiva così in questo momento. Idiota. Avrebbe preferito le corna.

«Jacopo, tu... è finita?»

Non sopportava nemmeno la sua voce, ma si costrinse a rispondere con calma. «Non lo so. Forse. Credo di sì. Non lo so. Dammi un po' di tempo. Devo pensare, adesso non so cosa dirti.»

«Jacopo, io ti amo.»

Lui si alzò senza guardarla. «In bocca al lupo per il nuovo lavoro. Ti chiamo io,» disse, e se ne andò.

2003

Jacopo sventolò il braccio per chiamare la cameriera e ordinare altre due birre.

«E quindi me ne sono andato, senza sapere cosa dire, cosa fare, cosa pensare. Mi sembrava una pazzia totale. Voglio dire, com'è possibile che così, all'improvviso, una persona molli... molli se stessa, in pratica, perché Carla era quello, era la rappresentante d'istituto che litigava col preside e organizzava le occupazioni, era quella con il portachiavi di Che Guevara, e poi era quella che insisteva per suonare con noi, sembrava che la musica fosse la sua vita, diceva che in noi aveva trovato la sua vera famiglia. Davvero, certe volte mi diceva che ci stava male per il fatto di non riuscire a legare con Ivan e Igor... non riuscivo a capire, non ci riuscivo. Non ti dico com'è passato quel capodanno. Anche perché non mi ricordo praticamente niente, so solo quello che mi hanno raccontato. Ho svuotato tutti i bar della città, mi sono fumato di tutto. Non so per quale miracolo non sono finito un'altra volta in rianimazione. Mi hanno detto che fermavo la gente per strada straparlando di morte delle ideologie e morte delle rockstar. Ho fatto una specie di comizio qui, in mezzo alla piazza. Gridavo che non bisogna fidarsi di nessuno, che l'amore non esiste, che dio è morto, Marx pure, John Lennon anche, e quindi è meglio essere Paul McCartney.

«Nah, secondo me è meglio essere morto che essere Paul McCartney,» rise Lorenzo.

«Dicono tutti così. Ma allora perché non ti suicidi?»

«Ci ho pensato, in effetti.»

«La verità… prendi il taccuino. Ce l'hai un taccuino?»

«Certo.»

«Bravo. Prendi nota. La verità è che tutti vogliamo essere Paul McCartney, anche se vorremmo voler essere John Lennon. Per questo il povero Paul sta antipatico a tutti: perché non è morto, perché è vivo e contento di esserlo, come noi. Io credevo che Carla fosse diversa, che fosse una John. E invece, quella sera ho pensato Cristo santo, non è vero, Carla è una Paul. Come me, come te, come tutti.»

Lorenzo aveva tirato fuori la Moleskine e stava scribacchiando qualcosa.

«Ti ho convinto eh? Comunque, dove eravamo rimasti?»

«Capodanno.»

«Sì. Che capodanno di merda. Con Carla che improvvisamente era diventata la figlia modello di Di Giorgio, con la prospettiva di tornare a casa dei miei perché da solo non potevo permettermi l'affitto, con il pensiero delle registrazioni che andavano uno schifo… non vedevo nessuna luce in fondo al tunnel, mi sembrava che la mia vita fosse finita, davvero. Tu fumi? Vieni fuori a farti una sigaretta?»

Lorenzo annuì e lo seguì all'aperto. Ci voleva ancora il cappotto, nonostante fosse quasi maggio, e cadeva una pioggia inconsistente.

«Pioggia inglese, eh?» osservò Lorenzo.

«Il clima è l'unica cosa rock che è rimasta,» disse Jacopo, poi aggiunse, indicando il marciapiede di fronte: «Li hai visti i manifesti di Di Giorgio? È incredibile, Carla c'è riuscita a svecchiare quel panzone. Guarda quant'è dimagrito, nuovo look, anche il modo di parlare è cambiato: ha smesso di usare il dialetto. E poi l'estate scorsa la sua azienda non ha sponsorizzato il solito torneo di velocità di insaccaggio salsicce, ma la rassegna di teatro espressionista marchigiano. Sì lo so, ci sarebbe molto da dire su questa scelta. Qualcosa mi dice che c'entra il fatto che il regista di due spettacoli su tre gli ha venduto a un prezzo vantaggioso un terreno vicino a Macerata. Carla dice che è stato solo un caso, che si sono conosciuti mettendo su la rassegna e solo dopo è venuto fuori che questo tipo voleva vendere dei vigneti. Vabbè. Poi l'anno scorso hanno cominciato a venir fuori nuovi altarini di Gagliardi. Per esempio, si è scoperto che la ditta appaltatrice dei lavori di ristrutturazione del museo archeologico era di proprietà del fratello del cognato del suocero. Poi che altro… ah sì, l'autrice del libro vincitore della scorsa edizione del festival del libro era la sua fidanzata. Fra l'altro, quest'anno il festival è saltato perché il comune si è lanciato in una grandiosa opera di rivalutazione del centro storico, che sarebbe dovuto diventare appunto la sede del festival, che sarebbe stato itinerante. Solo che i fondi sono finiti non si sa come a metà dei lavori, e i lavori sono ancora fermi, con tanto di buche aperte per strada. Ciliegina sulla torta, l'Abbazia, che come hai avuto modo di vedere ha chiuso. Prima, la polizia ha fatto una retata e ha trovato droghe di vario genere. Poi non sono stati rinnovati i permessi per i tavoli all'aperto e per la musica dal vivo, per via delle proteste del comitato di quartiere. In tutto ciò, l'affitto dei locali diventava sempre più proibitivo, e alla fine sono stati costretti a chiudere prima la galleria, poi il bar, poi la scuola di scrittura e per ultimo il cinema. E con quei soldi in più dell'affitto, è vero che Gagliardi aveva organizzato iniziative culturali come aveva promesso. Solo che, parliamone: una rassegna di cinema moldavo, un successone come potrai facilmente immaginare, e poi le giornate dell'Islam, e anche questa, capirai, nel 2002, non è stata la più brillante delle idee. E per finire, è arrivato il Parentigate. Che definizioni fantasiose che danno i giornalisti parcopianesi, eh? Comunque, adesso prova a chiedere a chiunque, giovane, vecchio, donna, bambino, cosa pensa di lui. Il più generoso ti risponderà che si è totalmente rincoglionito e che ha fatto bene a dimettersi.»

«E tu cosa pensi?»

Jacopo rifletté qualche istante.

«Non lo so. Se Di Giorgio non fosse il povero idiota salsicciomane che è, quasi quasi penserei che i consiglieri passati alla maggioranza tre anni fa siano in realtà degli infiltrati mandati da lui per far fare cazzate a Gagliardi. Ma invece penso, molto semplicemente, che sono tutti uguali, e che stare su una poltrona rovina chiunque. E lo pensavo da prima che Carla avesse la sua… illuminazione. Lo sapevo da sempre. E so che Di Giorgio non aveva bisogno di piani machiavellici, tanto era solo questione di tempo. Parcopiano c'ha provato, ma non era pronta per il Gay Pride e il progresso. Vuoi vedere? Vieni, rientriamo.»

Fermò la cameriera, una ventenne coi capelli corti e molti piercing.

«Laura, senti, posso farti una domanda? Cosa pensi di Di Giorgio?»

«È un coglione. Però è simpatico, è un parcopianese verace, è ruspante ma concreto, e secondo me ci tiene alla città, non come quel rincoglionito di Gagliardi che si faceva solo i fatti suoi.»

«Grazie. Adesso,» fece rivolgendosi a Lorenzo, «senti qua. Professor Corelli,» salutò fermandosi a un tavolo occupato da cinquanta-sessantenni dall'aspetto artistoide.

«Dimmi caro,» rispose uno di loro, un signore brizzolato con la voce di diaframma da attore di filodrammatica.

«Buonasera prof. Mi scusi se la disturbo ma io e il mio amico, qui, stiamo facendo un piccolo sondaggio. Cosa pensa lei di Giorgio Di Giorgio?»

«Beh, è un uomo ruspante, piuttosto incolto. Però ha una sua grezza simpatia da parcopianese verace.»

Jacopo rivolse a Lorenzo un mezzo sorriso, eloquente e amaro.

Gennaio 2002

I look inside myself and see my heart is black
I see my red door and it has been painted black
Maybe then I'll fade away and not have to face the facts
It's not easy facin'up when your whole world is black

Paint it black – The Rolling Stones

«Fare o non fare, non c'è provare.»
Jacopo venne svegliato alle cinque e un quarto di pomeriggio dalla voce di Yoda. Pensò di essere morto, o giù di lì. Riuscì faticosamente ad aprire un occhio e intravide un televisore che trasmetteva *Star Wars*. Ancora più a fatica aprì l'altro occhio e vide Ivan, rannicchiato su una poltrona, abbracciato a un sacchetto gigante di patatine. Provò a sedersi ma venne travolto da nausea, vertigini, mal di testa, mal di tutto. Rimise la testa sul cuscino e tirò fuori un flebile e rauco: «Che è successo?».
«Buongiorno. Patatina?» lo salutò Igor, seduto sul pavimento con la schiena appoggiata al divano dove lui giaceva in coma.
Jacopo prese una manciata di patatine dal sacchetto che gli porgeva Igor e le masticò con cautela. Constatato che non lo facevano vomitare, al contrario ne traeva beneficio, prese un'altra manciata e si sollevò su un gomito.
«Che è successo?» ripeté, leggermente più lucido e meno rauco.
«In sintesi? Volevi suicidarti, ma ti abbiamo dissuaso,» disse Ivan.
Qualche vago ricordo della notte precedente si affacciò alla mente di Jacopo: il brindisi di mezzanotte. Lo spumante, il rum, un altro rum, il gin, l'amaro, una canna, il limoncello, un altro amaro, un'altra canna, qualcuno (chi?) che gli metteva in mano una sigaretta di ignota composizione (Cocaina? Eroina? Cosa aveva fumato? Non ne aveva idea). Il terzo amaro (o era il quarto?) offerto da Pino Gattozzi, il tossico di lungo corso più noto in città, altro rum, il sindaco Gagliardi che parla di dimissioni col barista, un altro limoncello, il sindaco Gagliardi che dice che fra John Lennon e

Paul McCartney preferisce Keith Richards, un vin santo, l'oblio.

«Ho parlato di John Lennon con vostro zio?» chiese Jacopo.

«Sì. Gli hai anche consigliato di non dimettersi.»

«Veramente? E lui?»

«Scoop. Ha detto che non si dimette perché non vuole lasciare la città in mano a Di Giorgio.»

«Poveraccio,» disse Jacopo. «Di Giorgio ha già vinto.»

Detto ciò, si girò dall'altra parte e si rimise a dormire mentre sullo schermo Luke, Leila e Han Solo combattevano contro il lato oscuro della forza.

Si svegliò definitivamente e dolorosamente quasi quattro ore dopo. Ivan era ancora acciambellato sulla poltrona, ora in compagnia di una lattina di birra e dei video di Mtv. Igor era uscito.

«Che devo fare?» chiese Jacopo.

«Adesso? O in generale, nella vita?» rispose Ivan.

«Con Carla. Cazzo, Ivan, io la amo. La amo proprio.»

«Beh allora,» rifletté Ivan offrendogli un mostacciolo che lui rifiutò, preferendo un sorso di birra. «Cosa cazzo te ne frega, in fondo ha solo cambiato lavoro. Chiamala.»

***

Per Jacopo non era così semplice come la faceva Ivan, ma il giorno dopo decise di chiamare Carla. Stette più di un'ora a guardare il telefono, poggiato sul tavolo fra Yoda e una bottiglia di rum, infine raccolse la forza dal piccolo maestro Jedi e da un robusto sorso di rum, e compose il numero.

Il capodanno di Carla non era stato molto più piacevole di quello di Jacopo. Si era fatta convincere da Laura ad andare alla festa organizzata da Andrea a casa sua, ed era rimasta tutto il tempo seduta su un divano accanto a un cugino foggiano del padrone di casa che ci provava goffamente mentre lei lo ignorava senza pietà, immersa nel pensiero di Jacopo e occasionalmente distratta dalla visione di Andrea che pomiciava con la sua nuova fidanzata, Ilaria, la ragazza più ricca e più bella di Parcopiano. Erano una coppia perfetta da far venire la nausea. Sembravano pronti per il ballo delle debuttanti. "Non è che ha ragione mamma?", pensava Carla. "Forse è vero che un ragazzo di famiglia "normale" non fa per me, non mi capisce, forse è inevitabile accoppiarsi con qualcuno della stessa estrazione sociale. Nel 2001 quasi 2002? Forse sì, forse è sempre stato così e sempre così sarà", pensava mentre scostava dal ginocchio la mano del cugino foggiano.

Ma Jacopo le mancava e questo, tolte tutte le elucubrazioni sulla lotta di classe, era l'unica certezza che aveva in mente in quei giorni. Così, alla fine, decise di chiamarlo.

«Jacopo! Stavo per chiamarti io!» rispose al primo squillo, fregandosene di farsi desiderare, fregandosene di tutte le regole cretine tipo "non far vedere che stavi aspettando la sua chiamata", lei non era mica una ragazzetta deficiente che usa le tattiche alla *Sex & The City*, lei era ancora lei, Carla la ribelle!

Jacopo esitò. Era rimasto spiazzato dall'entusiasmo nella sua voce. Quasi balbettando, le chiese di vedersi e lei, con costante entusiasmo, gli diede appuntamento un'ora dopo all'Abbazia.

***

«Davvero stavi per chiamarmi?»

«Davvero. Senti Jacopo, io adesso non vorrei parlare di mio padre, di politica, di Gagliardi, del mio lavoro, e a dirla proprio tutta non vorrei parlare nemmeno del gruppo, non vorrei parlare di nient'altro che di noi due. Perché alla fine questo è il punto, no? Io e te. Chi sono io, chi sei tu, non che cosa facciamo adesso o che cosa faremo fra un anno o fra dieci. I gruppi si sciolgono e i lavori si cambiano, ma se c'è qualcosa di importante… insomma, il punto è questo: io ti amo.»

«Anch'io. Però…» disse Jacopo, di nuovo assalito dal mostro dell'elucubrazione cronica. «Però adesso non lo so se amo te o l'idea che avevo di te, che forse non sei davvero tu. Non mi interrompere, sennò perdo il filo, anche se non ce l'ho un filo, insomma voglio dire, tu chi sei? Perché io non riesco a far coincidere la Carla che ci propone di metterci lo smalto nero con la Carla che cura l'immagine di Di Giorgio… a meno che non truccherai pure lui come Brian Molko,» fece una rapida risatina, «scherzi a parte, ho veramente bisogno di capire, chi sei tu?»

Carla lo fissò a lungo senza dire niente. Anche lui la guardava, in attesa di una risposta, interrogandosi sul significato di quello sguardo. Temeva che, senza dire niente, si sarebbe alzata e se ne sarebbe andata.

Carla non se ne andò e alla fine disse qualcosa. Disse: «Guardami negli occhi.»

Lui la stava già guardando negli occhi, ma provò a farlo con più intensità, come se la risposta che aspettava potesse essere scritta lì dentro. Ma se c'era, lui non era capace di leggerla.

«Guardami negli occhi. Questa sono io. Smettila di dover sempre capire tutto, guardare tutti da fuori, analizzare, pensare, incasellare, studiare. Sì, vi ho fatto mettere lo smalto e adesso lavoro per mio padre, fra un anno chissà che cosa farò, ma sono sempre io. Forse avevo sopravvalutato la mia passione per il basso e avevo trascurato quella per la politica, ma ti ricordi che sono stata rappresentante d'istituto per tre anni? Lo sai che mi piace anche cucinare, giocare a pallavolo e andare in campeggio? Lo sai che, anche se non sono mai stata in punto di morte, capisco la tua smania di fare tutto subito e non perdere tempo? Lo sai che mi piacciono i fumetti? Lo sai che mi sono innamorata di te e non del cantante dei The Pool? Siamo persone, Jacopo, non siamo dei poster. Anche mio padre è una persona, e ho una cosa in comune con lui: amo questa città, e voglio salvarla e farla diventare ancora più bella, e l'ho sempre voluto, anche il gruppo in un certo senso mi serviva a questo, è stato un modo per dare lustro alla città. Capisci che cosa sto dicendo? Sono sempre io: se l'immagine che avevi di me era quella di una che si impegna e ci crede e si dà da fare per quello in cui crede, allora avevi visto oltre il poster e puoi continuare ad amarmi, se vuoi. Se invece di me vedevi solo quella che vi ha rifatto il look, allora dispiace più a me che a te essere stata capita così poco, e sarò la prima ad ammettere che è finita. Quindi adesso te la faccio io la domanda: chi sono io? Per te? Chi sono io?»

"Hai schifosamente ragione", pensò Jacopo, "sono un ottuso immaturo anaffettivo che dà più importanza ai gusti musicali che ai sentimenti, possiamo stare insieme e sposarci e vivere felici anche se tu fai l'assistente del sindaco e io il cantante, anzi meglio, fare lo stesso lavoro e stare appiccicati ventiquattr'ore su ventiquattro non fa bene a nessuna coppia, anche Al Bano e Romina si sono lasciati alla fine, e poi Di Giorgio è tuo padre, è normale volerlo aiutare… forse. Soprattutto se è vero quello che hai detto su Gagliardi… sarà vero? Insomma chi se ne frega di Gagliardi, anche a me interessa che la città non muoia, e tu non la farai morire, vero? Ci saranno ancora i concerti, l'Abbazia, la piccola Liverpool, tu non la lascerai morire, perché tu…"

«Sei quella che mi ha guardato negli occhi e ha capito tutto.»

Carla sorrise. Jacopo riconobbe quel sorriso e quello sguardo. Non è passata al lato oscuro, pensò, è ancora lei, e userà la forza per far diventare Di Giorgio il sindaco migliore del mondo. Forse lo farà diventare comunista. Su quest'ultima considerazione si mise a ridere da solo come un cretino. «Che ridi?» chiese Carla.

«Niente. Sono contento. Torniamo a casa nostra stasera?»

«Sì.»

Primavera-estate 2002

«Ho visto un vestito stupendo!» disse Carla entrando in casa.

«Che vestito?» rispose distratto Jacopo.

«Che vestito? Il vestito. Mi sa che l'ho trovato. È lui.»

«Ah. Ok. Sono contento.»

«Non mostrare troppo entusiasmo, eh.»

«No, scusa. Sono contento, veramente. Tua madre che dice?»

«Si è messa a piangere. Anche Laura aveva la lacrimuccia. Mi sa proprio che è lui. Che leggi di bello? Ah, ti do uno scoop: domani Gagliardi si dimette.»

«Mi fa piacere. Adesso vado in studio, ciao.»

Jacopo diede un bacio veloce alla fidanzata e uscì.

Strada facendo si fermò al bar dell'Abbazia a farsi una birra e un rum, per affrontare con meno ansia il fatto che le due canzoni che era riuscito a scrivere nell'ultima settimana gli facessero schifo e non volesse registrarle. Romeo aveva un aspetto sempre più depresso, seduto dietro il bancone a guardare nel vuoto che faceva sembrare il bar enorme. Da quando avevano chiuso la scuola di scrittura e la sala prove, la clientela del bar era passata da scarsa a nulla. Quasi nulla, visto che Jacopo continuava ad andarci, con gli altri Pool o da solo. Per quanto fosse un buon bevitore, la sua costante presenza non sarebbe bastata, comunque, a risollevare le sorti del locale e l'umore di Romeo. Sorseggiando la sua birra, guardando il palco vuoto e i poster sbiaditi sui muri scrostati e il pavimento su cui due anni prima aveva vomitato nel mezzo del concerto dei Verdena, si sentì schifosamente fuori posto. Il sentimento di non appartenenza, la sensazione di essere diverso da tutti e capito da nessuno che l'avevano tormentato per tanto tempo erano tornati. Mentre la città invecchiava, lui si sentiva come a sedici anni. Forse non sono solo le città a poter invecchiare e ringiovanire e invecchiare, pensò, forse può capitare anche a noi. Però quel ringiovanimento che si sentiva addosso non gli piaceva per niente. Ordinò un altro rum, lo buttò giù in un sorso e si incamminò verso lo studio.

Ivan era seduto su un divanetto a fumare. Igor e Luigi stavano parlando su un altro divano e si zittirono appena lui entrò. Sembravano preoccupati. Sandro era seduto su un tappeto, intento a pizzicare le corde di un sitar. Tutti e quattro lo salutarono con un cenno della testa.

«Che è successo?» chiese Jacopo, spostando lo sguardo da uno all'altro.

«Ti devo dire una cosa,» fece Sandro alzandosi dal pavimento. «Fra due settimane parto,» aggiunse, e fece una breve pausa, che nutrì l'ansia di Jacopo. Non stava annunciando una vacanza, era chiaro. «Vado a Dresda a fare l'Erasmus.» Ok, pensò Jacopo, un Erasmus in Germania non è una vacanza di una settimana, ma nemmeno un trasferimento per la vita in Nuova Zelanda. «Mi fa piacere. Quanto tempo?» chiese.

«Sei mesi.»

«Ok. Ti aspettiamo. Vero?» disse girandosi verso Luigi e Igor. Luigi fece una faccia incerta, sembrava stesse per dire qualcosa, ma Sandro lo precedette.

«Veramente… non è solo questo. Cioè, dovrete cercare un altro bassista, perché…» si sedette sul divanetto accanto a Ivan e continuò a parlare scrostandosi lo smalto nero con le unghie, «non lo so, è da un po' che c'è qualcosa che non va, non c'entra nessuno di voi, ma io non mi diverto più, e a dirla tutta non mi piace più la musica che facciamo.»

Jacopo aprì la bocca per ribattere, anche se non aveva idea di cosa avrebbe dovuto o voluto dire, ma di nuovo Sandro parlò senza dargliene il tempo. «Non è per te, tu sei bravo, scrivi belle canzoni, è che proprio non mi appassiona più tutta questa cosa del brit, ho voglia di fare altro, di evolvere. Non so, mi sento limitato. Mi dispiace, non è niente di personale, davvero, ma devo andare avanti.»

«E ti vuoi evolvere col sitar?» chiese Jacopo perplesso.

«Ma no che c'entra, quello è solo per… boh, non lo so, non so nemmeno se voglio suonare ancora, ultimamente sto dipingendo e scrivendo un sacco, non lo so. Mi dispiace, non voglio mettervi nella merda, ma non posso continuare a fare questa cosa se non mi appassiona più. Poi adesso parto, e chissà che succede…»

«Vabbè,» disse Jacopo rassegnato, «cosa devo dirti, in bocca al lupo e buon Erasmus. Io allora vado, mi pare di capire che oggi non si prova e

non si registra. Vado a farmi un cicchetto, chi viene?»
Ivan e Igor alzarono la mano.
«Io resto ad ascoltare un po' di demo,» disse Luigi.
«Io ho un po' di cose da fare, grazie. Ehm, ci vediamo prima che parto, forse faccio una festa, una cosa tranquilla…»
Jacopo fece un debole cenno di assenso mentre usciva.

***

«Eccoci qua. Direi che stavolta è definitivo. Brindiamo alla fine dei The Pool?» disse Jacopo sollevando la sua pinta.
Ivan e Igor non provarono a contraddirlo. Era ovvio che il gruppo non esisteva più. Ma non da ora, pensava Jacopo. I The Pool erano finiti quando Carla era uscita dal gruppo, anzi prima, quando aveva iniziato a pensare di uscire dal gruppo, e anche se solo inconsciamente tutti avevano percepito le sue intenzioni, e l'energia di tutti si era gradualmente spenta, fino ad arrivare al punto di non ritorno. Se adesso avesse detto ad alta voce quello che stava pensando, i gemelli l'avrebbero preso per un demente new age, con tutta quella storia delle energie che si diffondevano. E però era proprio quello che l'aveva fatto innamorare di Carla, una caratteristica, una specie di talento, che non riusciva a spiegare, forse perché lui pensava di esserne totalmente privo: la capacità di sentire le situazioni e i cambiamenti, comportarsi di conseguenza e, senza farlo di proposito, influenzare le persone e gli eventi, e trovarsi sempre in linea con lo scorrere delle cose. Carla aveva sentito quando era il momento di entrare nel gruppo e poi quando tutto stava per finire ed era il momento di uscirne. Se l'avesse espresso in questi termini a Igor e Ivan, sapeva cosa avrebbero risposto: «Non l'abbiamo sempre detto noi che Carla è un'opportunista?», ma non era così. Molto semplicemente, pensava adesso, Carla era una persona capace di seguire l'istinto, quello che lui si riprometteva di fare ogni volta che il dolore alla mano gli ricordava quanto tutto fosse incerto nella vita, e che ogni volta seppelliva sotto palate di ma, se, forse, non so. Adesso, per esempio, l'istinto gli stava dicendo senza mezzi termini quello che avrebbe dovuto fare, e lui, invece di alzarsi e farlo, si alzò e andò a ordinare altre tre birre.

***

«Sei ubriaco? Ma che cazzo Jacopo, non ti sembra di esagerare?»
«Non sono ubriaco. Cioè, un po' sì, ma mi serve essere un po' così perché dovevo essere sciolto per dirti quello che, siediti, ci sediamo? Sediamoci, ti devo dire una cosa.» Prese Carla per mano e la accompagnò a sedersi sul

116

letto. Si sedette anche lui e attaccò il discorso che si era preparato e aveva ripassato per tutta la strada dall'Abbazia a casa. «Non mi interrompere, ti prego. Ok. Ci siamo sciolti. Niente più The Pool, non ci sono più, stavolta è definitivo. Sandro se n'è andato, dice che non gli interessa più suonare con noi, e quindi basta, non mi va di mettere altri annunci, di cercare un altro bassista, poi alla fine quello che faceva i The Pool erano i due bassi, quindi diciamolo, eravamo già finiti dopo che te ne sei andata tu. E comunque, ecco, i The Pool si sono sciolti e anche noi due dovremmo scioglierci. Cioè, lasciarci. Cazzo, suonava meglio quando l'avevo pensata. Suona sempre tutto meglio nella mia testa, anche le canzoni. No no, per favore aspetta, non dire niente, devo dire tutto, sennò non ha senso. Non è che ci dobbiamo lasciare perché si sono sciolti i The Pool, non ho cominciato coi The Pool e Sandro per questo, no, volevo dire... Sì, in un certo senso le due cose sono collegate, perché... eri tu a tenere insieme il gruppo, me ne sono reso conto quando te ne sei andata. Ma non perché eri il tocco originale del basso in più, nemmeno perché ci hai rifatto e uniformato il look. È che tu hai questa capacità di tenere insieme le cose, di farti ascoltare, di mettere tutti d'accordo, non ti sforzi di farlo, ti viene naturale, perciò ti viene così bene, cioè, per questo sei diventata rappresentante d'istituto con quella percentuale bulgara, perché la gente la sente questa cosa, non lo sa ma lo sente che tu sai tenere insieme le cose, hai capito che intendo? Quello che sto dicendo è che tu hai tenuto insieme il gruppo, e hai tenuto insieme noi due, perché parliamoci chiaro, hai fatto tutto tu. Io quando nemmeno ci conoscevamo pensavo in continuazione "adesso vado, mi presento, la corteggio", ma poi non facevo mai un cazzo, stavo là come un coglione a guardarti che litigavi con Andrea e non facevo niente, sei tu che mi hai chiamato, e poi sei entrata nel gruppo, e tu mi hai trascinato al Chelsea quella sera, se non fossimo andati al Chelsea forse non ci saremmo nemmeno mai baciati, ma non è questo il punto, mi sono un po' perso... aspetta, scusa – andò a prendere una birra in frigo e tornò a sedersi – stavo dicendo, il punto è che io ti amo, ma non posso sposarti. Non possiamo sposarci, non possiamo stare insieme, perché tu sei così brava a tenere insieme le cose perché sei una che segue l'istinto e i sentimenti e quindi sai sempre cosa fare e dove andare, sapevi quando era il momento di entrare nel gruppo, e quando è stato il momento di uscire lo sapevi e sei uscita, sapevi quando dovevi portarmi al Chelsea, tu senza pensarci sai sempre cosa fare e dove stare, io invece penso penso penso e non so mai niente e non faccio mai niente, però oggi ho pensato, ho pensato, ho pensato che devo farmene una ragione: il mio istinto è non seguire l'istinto, e quindi anche se l'istinto adesso mi porterebbe a dirti che ti amo, baciarti e spogliarti e dire che voglio sposarti, lo so che se lo facessi poi starei ad ammazzarmi di seghe mentali perché mentre sono qui

a convincermi che solo l'amore conta e che tutto quello che voglio è stare con te, l'altra parte del cervello dice che cazzo stai facendo, non dovresti stare qui, tu non vuoi fare il marito dell'assistente del futuro sindaco nonché futura sindaca. Aspetta. Me l'hai già fatto questo discorso, lo so, tu sei tu e non l'assistente di tuo padre, quello è solo il tuo nuovo lavoro, va bene, ho capito, hai ragione, ma la mia testa adesso mi dice che non posso stare con te e che non posso stare qui. E sono sicuro che lo sai anche tu, lo saprai perché te lo dice il tuo infallibile istinto come a me lo dice il mio cervello prolisso e rompicoglioni, comunque lo sai che ho ragione, lo so che lo sai. Se ci sposiamo io divento il marito dell'assistente del sindaco, e poi della sindaca, e non siamo a Liverpool, siamo a Parcopiano, e a Parcopiano il marito dell'assistente del sindaco e futura sindaca non può mettersi lo smalto nero. Non dire che non è vero. È vero. Ma io non voglio vivere così. Ti amo ma non voglio rinunciare a me stesso. Oggi i The Pool si sono ufficialmente sciolti e io ho capito che gruppo o non gruppo c'è solo una cosa che voglio fare, voglio suonare e cantare. Ero all'Abbazia prima, e mi guardavo il tatuaggio, e ho capito una cosa: ho capito che il punto non è cogliere l'attimo, seguire il cuore, no, basta con queste stronzate da sopravvissuto che ha visto la luce, io non ho visto nessuna luce e questa testa di merda che mi ritrovo non la cambierò mai. La cosa che ho capito, quello che voglio ricordarmi sempre, è che devo stare bene, e io solo quando suono e canto sto bene. Io ti amo, ma adesso non sto bene, e se continuo a non stare bene diventerò un alcolizzato depresso frustrato, ti rinfaccerò la carriera brillante che avrai, e a un certo punto non ti amerò più e ci lasceremo, e io non avrò più né l'amore né la musica.»
«L'unica cosa chiara e vera di tutto il discorso è che sei una testa di cazzo.»
«Lo so.»
Quella notte Jacopo scrisse *The Dark Side* e *Once Upon A Time in Abbey Road*, le prime canzoni del suo album solista.

2003

Who knows? Not me
We never lost control
You're face to face
with the man who sold the world

David Bowie – The Man Who Sold the World

«Giorgio, puoi stappare quella falanghina. Missione compiuta,» disse Di Biagio entrando in casa senza nemmeno salutare. Si guardò rapidamente intorno. «Oddio scusa, tua figlia è in casa?»

«No, possiamo parlare, ma la prossima volta per favore vedi di contenerti! Adesso dimmi tutto.»

«Scusa, scusa ancora. Comunque. Tutto come da copione. Anzi, meglio. Si sono convinti praticamente subito. Abbiamo parlato di giovani, rinnovamento, cultura, ecologia, libertà e tutte le altre scemenze che piacciono ai comunisti. Così, ai voti, abbiamo avuto l'unanimità: De Rosa è il nostro… il loro… insomma, il candidato sindaco della sinistra.»

Di Giorgio scoppiò a ridere di un riso grasso e soddisfatto. «Che imbecilli!» farfugliò sputacchiando. «Che imbecilli!» ripeté mentre frugava nel mobile bar. «Altro che falanghina, Adelmo. Oggi è il giorno giusto per questo centerbe. Un regalo del sindaco di Montesilvano, una delizia, senti, senti. Brucia come il fuoco della vittoria!»

Di Biagio sollevò il bicchiere. «Ai candidati sindaco giovani, ricchioni e forestieri!»

Di Giorgio rise di nuovo. «Avete già pensato agli slogan e ai manifesti?» chiese.

«Guarda,» Di Biagio prese una cartellina e disse, mentre la apriva, «quel Romolo è proprio un genio della comunicazione.» Mostrò a Di Giorgio due immagini fotocopiate. Una ritraeva Alfonso De Rosa, ventisette anni, nato a Parcolungo, venti chilometri da Parcopiano, sospetto omosessuale, in t-shirt col logo di Emergency e barba un po' sfatta, sopra lo slogan *Per*

119

una città diversa.

«E questa,» disse mostrando l'altra, «sarà la tua risposta.» Sotto una foto di Di Giorgio, ritratto con una immagine di Parcopiano vista dalla collina, campeggiava la scritta *Parcopianese come te*.

2004

Lunedì

Geremia uscì di casa alle otto e trenta. Salutò la signora Baratti che portava fuori il cane, si fermò a prendere caffè e cornetto al bar di Ciro e andò ad aprire il negozio. Alle tredici e un quarto uscì, prese un calzone prosciutto e mozzarella alla pizzetteria Pizzapazza, andò a mangiarlo su una panchina del terminal, fumò una sigaretta e tornò in negozio. Alle venti uscì, tornò a casa, fece la doccia, cenò con i genitori, quando Paolo citofonò scese, andò a prendere una birra al pub Chelsea, alle ventidue e trenta tornò a casa, alle ventitré si mise a letto, alle ventitré e trenta si addormentò.

Martedì

Geremia uscì di casa alle otto e trenta. Salutò la signora Baratti che portava fuori il cane, si fermò a prendere caffè e cornetto al bar di Ciro e andò ad aprire il negozio. Alle tredici e un quarto uscì, prese un calzone prosciutto e mozzarella alla pizzetteria Pizzapazza, andò a mangiarlo su una panchina del terminal, fumò una sigaretta e tornò in negozio. Alle venti uscì, tornò a casa, fece la doccia, cenò con i genitori, quando Paolo citofonò scese, andò a prendere una birra al pub Chelsea, alle ventidue e trenta tornò a casa, alle ventitré si mise a letto, alle ventitré e trenta si addormentò.

Mercoledì

Geremia uscì di casa alle otto e trenta. Salutò la signora Baratti che portava fuori il cane, si fermò a prendere caffè e cornetto al bar di Ciro e andò ad aprire il negozio. Alle tredici e un quarto uscì, prese un calzone prosciutto e mozzarella alla pizzetteria Pizzapazza, andò a mangiarlo su una panchina del terminal, fumò una sigaretta e tornò in negozio. Alle venti uscì, tornò a casa, fece la doccia, cenò con i genitori, quando Paolo citofonò scese, andò a prendere una birra al pub Chelsea, alle ventidue e trenta tornò a casa, alle ventitré si mise a letto, alle ventitré e trenta si addormentò.

Mercoledì

Geremia uscì di casa alle otto e trenta. Salutò la signora Baratti che portava fuori il cane, si fermò a prendere caffè e cornetto al bar di Ciro e andò ad aprire il negozio. Alle tredici e un quarto uscì, prese un calzone prosciutto e mozzarella alla pizzetteria Pizzapazza, andò a mangiarlo su una panchina del terminal, fumò una sigaretta e tornò in negozio. Alle venti uscì. Tornando a casa si fermò davanti all'Abbazia, dove una trentina di persone, stampa e televisione comprese, erano assiepate sotto un piccolo palco. Alle mura dell'Abbazia erano affissi degli striscioni che recitavano *No Parking Road, Ridateci l'Abbazia, Giù le mani dall'Abbazia.* Sul palco c'erano un microfono e tre sedie. Seduti sulle sedie c'erano il capo dell'opposizione Alfonso De Rosa, il presidente dell'associazione Parcopiano Città Verde e il responsabile delle comunicazioni del Comune Carla Di Giorgio. Quando Geremia si unì al pubblico, De Rosa aveva appena concluso il suo intervento e il moderatore stava dando la parola a Carla. «Perché non c'è il sindaco?» chiese qualcuno dal pubblico. «Non ha il coraggio di farsi vedere,» intervenne una ragazza con in mano un cartello *Di Giorgio, vergogna.* Capirai, come se Di Giorgio avesse paura di questi quattro gatti, pensò Jacopo guardandosi intorno desolato. Vide Geremia, gli fece un cenno di saluto e tornò a rivolgere la sua attenzione al palco. «Fino a qualche tempo fa,» esordì Carla, «io sarei stata laggiù con voi a manifestare. L'Abbazia è un posto importante per me quanto lo è per voi, forse ancora di più. Qui ho passato i miei anni più belli, ho visto concerti fantastici, ho suonato qui e qui mi sono innamorata. Io come voi penso che l'Abbazia sia il cuore di Parcopiano, ma guardatela ora, abbandonata e cadente. Vogliamo che sia questo? Un rudere? Perché si fa presto a mettere due striscioni, ma la verità è che nessuna associazione, nemmeno Città Verde,» si voltò a guardare il presidente, che fece una smorfia di fastidio, «si è fatta avanti con progetti interessanti e fattibili per rimetterla in sesto.» Jacopo sapeva che, da questo punto di vista, Carla aveva ragione: la frizzante giovinezza di Parcopiano era sfumata ben presto nell'apatia della mezza età. «Quindi il Comune ha avviato un progetto grazie al quale l'Abbazia tornerà ad essere di nuovo e davvero il cuore pulsante della città. Abbiamo svolto anche un sondaggio da cui è risultato che l'ottantacinque per cento dei parcopianesi è favorevole al progetto. E francamente non vedo perché non dovrebbe esserlo: l'Abbazia resterà dov'è e com'è, si risolverà il problema dei parcheggi e si potrà di nuovo fare shopping in centro. E se siete preoccupati per la cultura, vi dico in anteprima che all'interno dell'Abbey Center ci sarà anche un caffè letterario. Credo sinceramente che quegli striscioni siano inutili, perché nessuno toccherà l'Abbazia se non per migliorarla, e nessuno ve la toglierà, anzi ve la restituiremo più bella di prima. Se avete domande...» Nessuno intervenne, il moderatore salutò tutti e lo sparuto pubblico si disperse rassegnato. Jacopo considerò l'idea di aspettare Carla per chiederle se davvero credeva a quello che aveva appena detto, poi s'incamminò verso casa. La risposta la sapeva: sì, ci credeva davvero. Tutto si poteva dire di Carla, ma non che non si battesse solo per quello in cui credeva. E in fondo aveva ragione: ai parcopianesi non interessavano più i concerti, le scuole di scrittura e i cinema d'essai. Volevano parcheggi e negozi, quindi parcheggi e negozi avrebbero avuto: un parcheggio sotterraneo, un parcheggio sul tetto e in mezzo un centro commerciale, questo prevedeva il progetto dell'Abbey Center. «Avevo diciott'anni a Parcopiano nel duemila,» si disse con la sua voce da intervista immaginaria, «ero nel posto giusto al momento giusto. Passato. Carla invece era, è e sarà sempre nel posto giusto al momento giusto». Geremia tornò a casa, fece la doccia, cenò con i genitori, quando Paolo citofonò scese, andò a prendere una birra al pub Chelsea, alle ventidue e trenta tornò a casa, alle ventitré si mise a letto, alle ventitré e trenta si addormentò.

Giovedì
Geremia uscì di casa alle otto e trenta. Salutò la signora Baratti che portava fuori il cane, si fermò a prendere caffè e cornetto al bar di Ciro e andò ad aprire il negozio. Alle tredici e un quarto uscì, prese un calzone prosciutto e mozzarella alla pizzetteria Pizzapazza, andò a mangiarlo su una panchina del terminal, fumò una sigaretta e tornò in negozio. Alle venti uscì, tornò a casa, fece la doccia, cenò con i genitori, quando Paolo citofonò scese, andò a prendere una birra al pub Chelsea, alle ventidue e trenta tornò a casa, alle ventitré si mise a letto, alle ventitré e trenta si addormentò.

Venerdì
Geremia uscì di casa alle otto e trenta. Salutò la signora Baratti che portava fuori il cane, si fermò a prendere caffè e cornetto al bar di Ciro e andò ad aprire il negozio. Alle tredici e un quarto uscì, prese un calzone prosciutto e mozzarella alla pizzetteria Pizzapazza, andò a mangiarlo su una panchina

del terminal, fumò una sigaretta e tornò in negozio. Alle venti uscì, tornò a casa, fece la doccia, cenò con i genitori, quando Paolo citofonò scese, andò a prendere una birra al pub Chelsea, alle ventidue e trenta tornò a casa, alle ventitré si mise a letto, alle ventitré e trenta si addormentò.

Sabato
Geremia uscì di casa alle otto e trenta. Salutò la signora Baratti che portava fuori il cane, si fermò a prendere caffè e cornetto al bar di Ciro e andò ad aprire il negozio. Alle tredici e un quarto uscì, prese un calzone prosciutto e mozzarella alla pizzetteria Pizzapazza, andò a mangiarlo su una panchina del terminal, fumò una sigaretta e tornò in negozio. Alle venti uscì, tornò a casa, fece la doccia, cenò con i genitori, quando Paolo citofonò scese, andò a prendere una birra al pub Chelsea, all'una e trenta tornò a casa, alle due meno un quarto si mise a letto, alle due si addormentò.

Domenica
Geremia si svegliò alle dieci, come tutte le domeniche. Sostituì il pigiama con una tuta, fece colazione con caffellatte e pan di stelle come tutte le domeniche. Mise su un vinile dei Deep Purple e accese il computer. Lesse le notizie di sport, poi andò su Parcopianooggi.it per consultare la programmazione del cinema e si soffermò a leggere gli ultimi commenti a un post che la settimana prima aveva innescato una lunga discussione: si trattava di una recensione di *Paul non è morto*, il nuovo romanzo di Lorenzo Carreri, e i commentatori si dividevano fra quanti (pochi) esaltavano il seguito di *Via dell'Abbazia* considerandolo un finale amaro ma realistico e allo stesso tempo poetico, e i tanti che si erano sentiti offesi dalla rappresentazione di una Parcopiano decadente, moribonda come l'amore fra gli ormai adulti e disillusi Gianni e Jolanda. Il recensore lasciava intendere, pur esprimendo apprezzamento per lo stile di Carreri, di essere schierato con i secondi. I due commentatori più accaniti scrivevano utilizzando i nick *Parcopianodevebruciare* e *Manumanu78*. La sera prima, Parcopianodevebruciare aveva scritto: *Non capite un cazzo. È un romanzo, non è una guida turistica. Doveva parlare bene della città perché gli ha fatto vendere i libri? Ma siete scemi??? Secondo voi se ambientava Via dell'Abbazia a Roccapipirozzi non avrebbe venduto uguale? Era un bel libro, punto e basta, che c'entra Parcopiano? E comunque in Paul non è morto c'è scritta solo la verità. Ma non vedete che Parcopiano sta morendo? Svegliaaaaa! Ne riparliamo fra due o tre anni. Morti! Zombie!* Pronta la risposta di Manumanu78: *Prima di tutto, non c'è bisogno di insultare. E poi, io non dico che Carreri doveva ringraziare Parcopiano per il suo successo, ma almeno non buttarci fango sopra! Parcopiano non è così, io amo la mia città, e se tu non la ami puoi anche andartene,*

nessuno ti trattiene! Geremia trovava divertenti le persone che si prendevano la briga di discutere di certi argomenti. Lui ovviamente si era ben guardato dal leggere il libro, ma era contento della pubblicità negativa che stava facendo alla città. Doveva ringraziare anche lui se non vedeva più ragazzini in fila davanti all'Abbazia per sentire pessimi gruppetti finto alternativi, niente più pagliacciate in piazza e nessun estraneo ignorante nel suo negozio. Parcopiano era tornata a essere l'isola felice di quiete che lui tanto apprezzava. Geremia non aveva votato per Di Giorgio ma in cuor suo era contento che fosse stato eletto. Anche Di Giorgio si era espresso su Carreri: la recensione su Parcopianooggi riportava una sua dichiarazione in cui parlava di *uno scribacchino che infama la nostra bella città senza conoscerla*. La presidentessa del circolo di lettura, che già non aveva particolarmente apprezzato *Via dell'Abbazia*, non lo invitò a presentare il libro, che pure era il superfavorito al premio Strega.

2004

Parlare alle assemblee, davanti a tutta la scuola, era facile: l'auditorium era pieno di gente ma ad ascoltarla erano in quattro, i secchioni e un paio di amici stretti, mentre gli altri copiavano i compiti, fumavano o pomiciavano; Carla ne era ben consapevole ma ci credeva ogni volta, che qualcuno delle ultime file avrebbe carpito qualche parola per sbaglio e sarebbe rimasto folgorato e avrebbe iniziato ad ascoltare e a capire e alla fine avrebbe deciso di cambiare il mondo insieme a lei.

Anche suonare su un palco, passati i primi momenti di panico, era facile, ed era divertente, e il pubblico non era un insieme di facce spaventose ma un'onda di braccia alzate ed energia positiva.

Le facce che stavano sotto il palco adesso, invece, erano spaventose. Perché erano poche, e nessuno pomiciava o si faceva le canne, tutti la ascoltavano. E tutti la disprezzavano. Compreso Jacopo. Cercò di non incrociare mai il suo sguardo e di mantenere la voce ferma. Quello che dici lo pensi davvero, quello che dici lo pensi davvero, si ripeteva mentre pronunciava il suo discorso. Ed era vero, non si stava autoconvincendo. Ma chi l'aveva detto che era facile quando si era convinti delle proprie idee? Lei credeva in ogni singola parola che stava pronunciando. Non si era svegliata una mattina improvvisamente trasformata in una democristiana destroide come pensava Jacopo, come pensavano quasi tutti, e non riusciva a dare loro tutto il torto: probabilmente, anzi sicuramente, se fosse stata dall'altra parte lo avrebbe pensato anche lei. Ma Jacopo? Almeno lui avrebbe potuto capire. Glielo aveva spiegato e rispiegato che non era cambiata, che le sue idee non erano cambiate. Aveva solo cominciato a parlare davvero con suo padre, ad ascoltarlo e a farsi ascoltare. E a capire che non era necessario stare sempre sulla difensiva, sentirsi incompresa, sentirsi sempre in guerra, che i problemi si potevano risolvere anche – orrore! – scendendo a qualche compromesso. L'Abbazia, per esempio: le alternative erano lo shopping center col parcheggio, il parcheggio senza shopping center o... niente. Non erano previste altre opzioni. Quello che stava dicendo era l'esatta verità: nessuno aveva presentato progetti di rivalutazione. Gli anni Novanta erano finiti, a nessuno evidentemente importava più dei concerti, dei libri, delle mostre, a nessuno tranne a quelle trenta persone scarse che stavano sotto il palco. E a lei. Che si sarebbe impegnata, come collaboratrice e poi forse, chissà, come successore del padre, a tenere accesa quella scintilla che aveva fatto di Parcopiano la piccola Liverpool.

Quando il dibattito finì, e scese dal palco, si guardò intorno in cerca di Jacopo ma non lo vide. Ed era meglio così, pensò, a cosa sarebbe servito parlare ancora, ripetere sempre lo stesso copione? Lei gli avrebbe detto: «Sto facendo quello che facevo prima, ma in modo diverso», lui le avrebbe detto: «sei diventata come tuo padre», e poi sarebbero andati ognuno per la propria strada. Oppure ci sarebbe stata una variazione, e lei avrebbe detto: «Sai Jacopo, su un'altra cosa avevi ragione: io so sempre dove stare. Vuoi chiamarlo opportunismo? Fai pure. Lo farò anch'io: sto cogliendo l'opportunità di fare qualcosa di concreto. Lo faccio insieme a quel fasciodemocristiano di Di Giorgio? Sì. Perché ha accettato l'idea che io possa aiutarlo davvero, ha dimostrato di avere una mente più aperta di quanto avessi mai creduto, mi ha dato una chance e si è rimesso in gioco. Mi sta ad ascoltare, Jacopo. Ebbene sì, forse avevi ragione, io sono capace di tenere insieme le cose e di farmi ascoltare, e adesso sto tenendo insieme questa cosa, e mi sto facendo ascoltare da mio padre, grazie a me lui sarà un sindaco migliore, e la città non cadrà nell'apatia». Ma se anche gli avesse detto tutto questo, lui non avrebbe cambiato idea. E poi non era quello che voleva. Certo, non le piaceva l'idea che lui la considerasse una voltabandiera, ma non intendeva affatto tornare con lui. Forse perché era giusto tutto quel discorso su lei che sapeva dove stare e lui che non sapeva niente, oppure il fatto era semplicemente che stavano crescendo in modi diversi, che avevano scelto percorsi oggettivamente troppo diversi e che, come le aveva detto nel corso dell'ultima telefonata, «Giorgio Gaber e Ombretta Colli erano proprio una coppia del cazzo». Quella volta era riuscito a farla ridere. E a farle passare definitivamente la voglia di chiamarlo e di riprovarci. Qualche giorno dopo, aveva conosciuto Fabio.

2008

A Parcopiano il futuro è donna

Carla Di Giorgio ce l'ha fatta. I risultati non hanno smentito i sondaggi che la davano vincente con una larga maggioranza. Con il 78% delle preferenze, la giovane imprenditrice ha battuto il rivale D'Alfonso, ed è il nuovo sindaco di Parcopiano. Raggiunta al telefono subito dopo l'ufficializzazione dei risultati, la Di Giorgio ha detto di essere molto emozionata e ha voluto dedicare la vittoria al padre, che ha sostenuto vigorosamente la sua candidatura. Non ha voluto invece fare commenti sulle polemiche che hanno accompagnato la campagna elettorale prima, e l'elezione oggi. "I parcopianesi mi hanno dato fiducia", dice, "e per me adesso conta solo questo. Io faccio politica da sempre, e ho deciso di candidarmi perché amo la mia città. Per questo ho anche rifiutato una candidatura alle Politiche. Voglio stare a Parcopiano e voglio fare il bene di Parcopiano, soprattutto dei giovani, delle famiglie e di chi ha più bisogno. Ho già molti progetti per quanto riguarda la creazione di spazi verdi, l'organizzazione di eventi culturali, e poi naturalmente rimetterò in moto il progetto dell'Abbey Center, che l'amministrazione precedente non è riuscita a portare a termine per problemi giudiziari e burocratici assolutamente indipendenti dalla volontà di mio padre. I parcopianesi non si pentiranno di avermi dato fiducia". Poi ci saluta. La piccola Giorgia reclama il suo biberon.

Nonostante sapesse, come tutti, che Carla avrebbe vinto, nonostante avesse assistito da vicino alla sua evoluzione e l'avesse vista diventare una professionista della politica, Jacopo lesse l'articolo con un senso di stupore. Nonostante tutto, nonostante gli anni che erano passati e le cose che erano successe, non riusciva ad abituarsi all'idea di una Carla che andava d'amore e d'accordo col padre, che pensava "alle famiglie" e, soprattutto, che si faceva una famiglia. Casa in collina, marito avvocato e una figlia. A ventisei anni. Se glielo avessero detto dieci anni prima, se la sarebbe fatta sotto dalle risate. Chiuse il computer, andò a prendere un'altra birra e tornò al tavolo, ad aspettare. Il giornalista di *RockIt* che doveva intervistarlo era in ritardo.

Parcopiano-Liverpool A/R

Black Flowers, il secondo album di Jacopo Ippoliti, è un lavoro denso e maturo, che ha ricevuto da ogni parte giudizi più che lusinghieri. Anche per noi è già fra i top dell'anno. Abbiamo parlato del disco, e di molto altro, in un pub di Liverpool, tappa finale del minitour inglese che apre una stagione che si preannuncia ricca di impegni.

Suonare a Liverpool deve significare molto per te.

Certo. È una specie di ritorno alle origini. Avremmo dovuto fare un concerto coi The Pool, ma il gruppo si è sciolto ed è andato tutto a monte. Poi sarei dovuto venire durante il tour di Before Sunset, ma ho avuto un problema personale e la data è saltata. Sembrava una maledizione. Adesso finalmente ci siamo. La mia prima volta in Inghilterra da musicista. È emozionante, molto.

Ieri hai suonato a Manchester. Com'è andata?

Bene. Naturalmente il pubblico era composto in massima parte da italiani, ma qualcuno aveva portato amici inglesi, e pare che abbiano apprezzato. Nonostante il mio accento (ride).

Il tuo accento è molto buono, tranquillo. Fra l'altro, in questo disco hai abbandonato del tutto l'italiano, come mai? Vuoi conquistare definitivamente gli inglesi e abbandonare l'Italia?

Per carità, non potrei mai avere la presunzione di voler giocare ad armi pari con gli inglesi. Sono qui solo per fare un'esperienza e per imparare da chi ha inventato la musica che, molto umilmente, faccio anch'io. La verità è che mi sono sempre sentito insicuro riguardo la mia capacità di scrivere testi in italiano. Può sembrare un luogo comune, ma è vero che l'italiano è una lingua che si presta poco a un certo tipo di musica. Salvo qualche felice eccezione, come i brani che avevo scritto con Lorenzo Carreri. Lui era riuscito a creare un accordo perfetto fra musica e testo, io da solo non ne sarei stato capace, e per questo ho preferito usare solo l'inglese, che mi è sempre venuto più naturale.

Pensi che collaborerai ancora con Carreri?

Sicuramente. Mentre scrivevo e registravo il disco lui era molto impegnato con il nuovo romanzo e con la sceneggiatura di "Paul non è morto", e non siamo riusciti a conciliare le cose, ma il sodalizio è sempre forte. Fra l'altro, oltre al fatto che ci saranno due miei brani nella colonna sonora di "Paul non è morto", porteremo in giro un reading musicale, con brani dei suoi libri musicati da me e recitati da lui e da vari attori.

Parliamo dell'album. C'è più elettronica rispetto al primo disco e all'ep uscito lo scorso anno, e meno brit-pop "gallagheriano". Anche molte più influenze wave e un po' di C-86…

Sai, sempre partendo dal presupposto che non mi ci vedo a fare musica balcanica o melodia all'italiana (anche se non si può mai dire) e che l'Inghilterra sarà sempre la mia patria, artisticamente parlando, credo che sia fisiologico cercare di non fossilizzarsi su un'unica ispirazione. Io ne ho tante, dai Beatles, ai Joy Division, agli Smiths, potrei farti mille nomi, il sound d'oltremanica è quello che mi nutre. È il mio ossigeno, non posso farne a meno. Ed è naturale che tutto questo poi si rifletta nella musica che scrivo.

Se i suoni sono più oscuri, i testi per contro sembrano più rilassati, in alcuni episodi – penso soprattutto a Open Windows sembri addirittura felice.

Felice è una parola grossa e probabilmente non lo sarò mai, ma è vero che sto attraversando un bel momento personale, e la cosa non può che venire fuori. Il primo disco era stato realizzato in un periodo decisamente meno sereno. Lo scioglimento dei The Pool, la fine dolorosa di una storia importante, le delusioni e l'incertezza sul futuro, sono tutte cose fortemente presenti in quell'album. Poi non ti nego di avere una certa tendenza a drammatizzare molto le situazioni, a sentirmi sempre incompreso… credo che ci sarà sempre un lato oscuro.

Il dark side, per dirla alla Pink Floyd, o alla Star Wars. È vero che non ti separi mai da un pupazzo di Yoda?

È vero. È un oggetto molto importante per me, rappresenta un legame forte con i miei due più cari amici, e mi ricorda il momento più importante della mia vita.

Quando sei stato vicino alla morte?

Più che vicino. Mi avevano praticamente dichiarato morto. Si può dire che sono risuscitato.

Hai visto la luce?

No. E non sono nemmeno diventato il tipo che si gode le piccole cose della vita, sai no? Una bella giornata, le feste in famiglia, l'acqua fresca... la verità è che sono diventato una pessima persona, voglio solo fare quel cazzo che mi pare, suonare, cantare... e vorrei lasciare qui qualcosa che ho creato. Non m'interessa diventare ricco e famoso, ma se mi deve venire addosso un pullman, preferisco che sia mentre firmo un autografo, non mentre annuso un fiore di campo (ride).

Tornando al disco, c'è un lavoro di produzione molto attento.

Il tocco magico di Luigi (Nocera, n.d.r.). Lui è un produttore fenomenale, gli devo veramente molto. Ha un intuito e un buon gusto che raramente si trovano in Italia. Sono molto grato di aver avuto la possibilità di lavorare ancora con lui, anche perché ormai ci intendiamo a sguardi. Non dico per dire. Certe volte mi guarda negli occhi e cinque minuti dopo la canzone è completa, ed è esattamente come ce l'avevo nella testa.

In questo disco manca la politica, che invece era presente in Before Sunset.

La verità è che non mi è mai piaciuto parlare di politica. Mi interessa, ma non amo la musica militante. Quando ho fatto Before Sunset la politica era ancora molto presente nella mia vita privata, per questo ne parlavo. Ma i grandi temi li lascio agli U2, io non sono capace, mi renderei ridicolo. Anche nei The Pool io ero nel gruppo cuore-amore, quelli col megafono erano Carla e Ivan.

Visto che hai citato i The Pool: un'influenza che è completamente assente nei tuoi lavori solisti è il grunge, che invece si sentiva nel sound del gruppo.

Anche in questo c'era il tocco di Carla, era lei la fan dei Nirvana. Essere in una band è bello per questo, per gli scambi e le sinergie che si creano.

Ti manca stare in un gruppo?

Non molto. Doveva andare così. Mi piace fare la mia musica e non dover rendere conto a nessuno, avere la piena responsabilità dei miei successi, e anche dei miei fallimenti. Umanamente poi, gli altri non mi mancano, visto che siamo ancora amici. Ivan ha anche suonato la chitarra in tre canzoni dell'album. L'unica che non sento più è Carla.

Che è appena diventata sindaco di Parcopiano, con una lista di centrodestra. L'avresti mai detto?

Preferisco non parlare di questo. Lei sta facendo un percorso diverso e le auguro ogni bene, ma non fa più parte della mia vita.

Parcopiano, però, ne fa ancora parte. Ultimamente non ne hai parlato benissimo, ma continui a viverci. Quanto è cambiata negli ultimi anni?

Tanto. Sai, io ho sempre avuto questa idea per cui le città non sono tanto diverse dalle persone. Nel senso che hanno il loro carattere, che nessuna è uguale all'altra. Ti puoi innamorare di una città proprio come di una persona, oppure puoi detestarla, oppure amarla e odiarla allo stesso tempo. Di diverso dalle persone hanno che possono vivere più di una vita. Certe volte le città crescono, poi invecchiano, poi sembrano morte e poi invece ringiovaniscono e poi invecchiano un'altra volta e così via. Se hai fortuna, la tua giovinezza coincide con una delle giovinezze della tua città, e allora puoi raccontare di aver avuto diciott'anni a Seattle nel '91, di aver ballato all'Hacienda di Manchester, cose del genere. In questo senso io sono stato fortunato. Fra gli anni Novanta e l'inizio del Duemila Parcopiano era un posto giovane e creativo, c'era musica ovunque, era molto eccitante, ci sentivamo tutti al centro di qualcosa di importante. Purtroppo quella giovinezza sembra essere finita. Molti locali, compreso l'Abbazia da cui era nato tutto, hanno chiuso, e quelli che restano non propongono più musica dal vivo. Il sindaco Di Giorgio, poi, non era certo il tipo che incoraggiava le iniziative culturali. D'altro canto, i cittadini l'hanno votato, quindi evidentemente a loro va bene così. Spero che con la nuova amministrazione le cose possano migliorare. Carla è un sindaco giovanissimo, e anche se non condivido molte delle sue ultime scelte so che ha a cuore la città e la cultura. Io ci voglio credere.

È ancora la tua piccola Liverpool quindi?

Un po' stropicciata ma sì, mi piace ancora pensare alla mia città come alla piccola Liverpool senza porto. E vorrei esserci, quando vivrà un'altra giovinezza.

RINGRAZIAMENTI

135

Grazie, grazie, grazie, e grazie, a:
Marco e Annalia, i Nativi Digitali, che ci hanno creduto subito, e anche dopo che mi sono fatta aspettare come una diva; Alessandra, prima editor non ufficiale e uscitrice di emozioni; Mara, è soprattutto grazie a lei se adesso lo rileggo e mi piace davvero; Pino, per le "passeggiate romantiche" nella vera "piccola Liverpool" (ce piacerebbe!); Stefano, per i fratelli Scombination; le Matte e i SoA per l'incoraggiamento e l'alcol; la Famiglia Bognanni (soprattutto i giudicini Leonardo e Federico), perché sì.

Ti è piaciuto questo libro?

Nativi Digitali Edizioni pubblica testi di autori italiani emergenti in formato digitale, il nostro è un mercato di nicchia, non disponiamo di budget importanti per investimenti pubblicitari e quindi facciamo affidamento anche alla buona volontà dei nostri lettori per farci conoscere. **Vuoi sostenerci?** Hai diversi modi per farlo:

- Scopri gli altri ebook dal catalogo sul **nostro sito** **www.natividigitaliedizioni.it** e acquistali dallo **store** che preferisci

- Lascia una recensione onesta nella store dove l'hai comprato

- Seguici sui nostri **canali social**

- Se il libro che hai appena letto ti è davvero piaciuto e ritieni che meriterebbe più diffusione, **parlane** ai tuoi amici lettori, oppure sui forum e gruppi di appassionati.

In ogni caso, ricorda: non farti prendere dal panico e, ovunque vai, porta con te un asciugamano.

Indice generale

www.ingramcontent.com/pod-product-compliance
Lightning Source LLC
LaVergne TN
LVHW051542170726
843492LV00006B/1893